# Eles e elas CONTOS

*Maria Christina
Lins do Rego Veras*

# Eles e elas contos

1ª edição

JOSÉ OLYMPIO
EDITORA
Rio de Janeiro, 2014

© Maria Christina Lins do Rego Veras

Reservam-se os direitos desta edição à
EDITORA JOSE OLYMPIO LTDA.
Rua Argentina, 171, 3º andar, São Cristóvão
20921-380 – Rio de Janeiro, RJ –República Federativa do Brasil
Tel.: (21) 2585-2060
*Printed in Brazil* / Impresso no Brasil

ISBN 978-85-03-01242-3

Capa: Carolina Vaz

Livro revisado segundo o novo Acordo Ortográfico da Língua Portuguesa.

CIP-BRASIL. CATALOGAÇÃO-NA-FONTE
SINDICATO NACIONAL DOS EDITORES DE LIVROS, RJ

V584e
1ª ed.

Veras, Maria Christina Lins do Rego
 Eles e elas / Maria Christina Lins do Rego Veras. – 1ª ed. –
Rio de Janeiro: José Olympio, 2014.
112 p.

ISBN 978-85-03-01242-3

1. Conto brasileiro. I. Título.

14-16459

CDD: 869.93
CDU: 821.134.3(81)-3

*Sumário*

**ELES**

O cozinheiro Púrlia   9
Ronaldo e os castelos de areia   15
Xavier   21
Damião   25
Januário   27
Cleto, meu camarada   33
Paulo, o omisso   38

**ELAS**

As meninas   45
Heloísa e Mademoiselle   52
Anita   57
Laura e a sirigaita   60
Marina   66
Sandrinha, a virgem   70
Lúcia   77
Sarah   80
Madre Caridade   85
Eu   90
Adriana finlandesa   93
Leonor penetra   101
Aurora   107

# ELES

# O cozinheiro Púrlia

Quando cheguei a Bucareste uma de minhas incumbências era organizar a equipe de empregados da residência da embaixada o mais rápido possível. Chegava o ministro Cesar Cals com uma grande comitiva e logo tudo já tinha que estar nos seus devidos lugares. Função bem difícil tratando-se de um governo comunista. Era o departamento ODCD, como chamavam, que indicava os empregados para as embaixadas. Todos que apareciam eram incompetentes, pouco sabiam cozinhar, quanto mais organizar um banquete. Trouxera comigo, do Quênia, dois empregados excelentes: Bonifácio, que servia a mesa, e Dórica, que se ocupava dos nossos aposentos. A equipe da embaixada, todavia, era enorme. A cozinheira exigia uma ajudante, o mordomo tinha que ter um criado, duas arrumadeiras e lavadeira que, apesar de termos comprado uma máquina de lavar, continuou a lavar a roupa à mão. Veta, a lavadeira, era a única serviçal que trabalhava muito bem. Antiga na embaixada, lavava a roupa numa bacia gigante com água quase fervendo. Tínhamos embaixo, perto da cozinha, uma sala enorme, onde Veta estendia as roupas para secar. Era um monstro de criatura; monstro no bom sentido da palavra, dava conta do serviço. A cozinheira era fraquíssima, mal sabia fazer o trivial, deixava todo o trabalho pesado nas costas da ajudante. Fiquei bastante apreensiva com o quadro que encontrei, mas logo fui tranquilizada pelo motorista: existe um cozinheiro que costuma fazer os banquetes em outras embaixadas, o "famoso Turco".

— Ele é turco? — perguntei.

— Não, senhora, ele só trabalha na embaixada da Turquia, mas tem a permissão dos embaixadores para fazer serviço extra em outras embaixadas. Os patrões de Púrlia são legais e só assim ele está conseguindo fazer um pé-de-meia.

— Ótimo, mande chamar essa preciosidade.

Foi necessário marcar hora, pois Púrlia era superocupado. Saía da embaixada da Turquia depois do almoço e corria para o próximo compromisso, tudo muito bem agendado. Quando chegou finalmente o dia de conhecer Púrlia, estava defronte de um senhor muito educado, que, segundo meu motorista, tinha trabalhado no palácio do rei. Muito gentil, falando um francês impecável, o recebi no meu escritório, pedi que se sentasse e mandei que Bonifácio nos servisse um café. Era um prazer conversar com Púrlia, ele entendia de cozinha como ninguém, um verdadeiro *chef*. Escolhemos vários menus: perdizes desossadas, faisões que viriam montados com pena e tudo. Ele pedia que, quando comprasse os faisões, prestasse bem atenção: as penas deviam ter brilho. E que os guardasse no *freezer*. Avisou também que não retirassem as penas e que tomasse cuidado com a cauda. Eram uma de suas especialidades as peças montadas. Os faisões chegariam à mesa inteiros, lindos, com olhos abertos: pode crer, me dizia ele, parece que vão alçar voo. A carne vem ao lado com os acompanhamentos. Fiquei maravilhada. Ele pedia para que eu ficasse tranquila quanto aos peixes, pois tinha o endereço de um senhor que os vendia, a contrabando, em troca de cigarros Kent. Era muito discreto, entraria pela porta de serviço da embaixada. Explicou-me que era muito difícil encontrar peixe, só mesmo de contrabando. Ele os cozinharia naquelas panelas estreitas próprias para peixe. Para isso exigia vinho branco de melhor qualidade, amêndoas para enfeitar, e tantas outras coisas. Sobremesas: Púrlia era um mestre em fazer as famosas tortas austríacas.

Finalmente fiquei tranquila depois que conheci Púrlia. Estava segura, iria brilhar, meus jantares seriam famosos. Pura ingenuidade, esse cardápio já era conhecido por todas as embaixadas, não seria novidade nenhuma. Agendei com ele dois jantares por mês. Tudo combinado, restava apenas chamar minha secretária, madame Chonga, um amor de criatura, mas superconfusa. Juntas fizemos a lista dos convidados; agora era mandar os convites. Seria uma *rentrée* espetacular. Encomendei os faisões que só se encontravam, raramente, num magazine defronte da Praça Hamze de alimentos. Já haviam me instruído a, quando encontrasse qualquer coisa de especial, que comprasse logo uma dúzia. Os cigarros Kent abriam caminho.

No dia do jantar, curiosa, fui até a cozinha que ficava a léguas da sala, a comida subia para a sala de jantar num elevador especial. Encontrei Púrlia todo vestido de branco, chapéu de *chef*, com Elizabeta, minha cozinheira, ajudando-o. Era um mundo aquela cozinha. Uma mesa enorme de mármore ficava no meio; o fogão era do tempo dos dinossauros, mas diziam que era excelente, esquentava muito bem. Eu nem ousava tocar no fogão, só fazia olhar de longe aquele monstro de ferro preto. A mesa já estava impecável: uma toalha de damasco azul *pervanche*, pratos com detalhes em azul da vista alegre, piteiras coloridas para as senhoras dentro de copinhos de prata com cigarros (naquela época se fumava à mesa). Como detalhe principal um centro de *muguet*, coisa rara, raríssima, de se encontrar em qualquer lugar do mundo. Havia encontrado uma cigana vendendo um cesto cheio de buques de *muguet* e imediatamente resolvi comprar tudo. Ficou deslumbrante, a terrina de prata abarrotada de pequenos buquês bem juntos uns dos outros, formando um só arranjo. Para completar, em frente de cada senhora, um buquê de *muguet* dentro de um copinho de *zuica* — aguardente local. Eram copinhos bem pequenos, cujas doses eles bebem de um só trago, ideal para colocar um pequeno arranjo de flores. As pastilhas de chocolate não poderiam faltar dentro de cestinhos vitorianos de prata. Tudo como mandava o figurino, o que tinha de mais elegante estava naquela mesa. Nada mais a fazer que esperar os convidados. Púrlia, triunfante, chamou-me para ver sua obra de arte. Fiquei maravilhada. Só tinha visto tamanha beleza nos filmes da Broadway.

Confiante, recebi nossos convidados, que chegavam todos enfatiotados, as mulheres elegantes. A portuguesa, muito baixinha e gorda, fazia o possível para se sobressair. Corria o boato que seu marido adorava flertar com as manicures do hotel. Seria impossível também esconder que o embaixador pintava o cabelo. A embaixatriz da Itália ficou à direita de meu marido e, como lá estavam vários embaixadores importantes, resolvemos o protocolo fazendo quatro cabeceiras. Tudo corria admiravelmente bem até a chegada dos famosos faisões. Não posso esquecer o horror da embaixatriz da Itália quando foi se servir, quase gritando, esbravejando:

— Ai que horror, esses olhos desse faisão estão me olhando de uma maneira horripilante.

Fiquei engasgada, já nem sabia o que fazer, se mandaria os garçons embora, ou se os deixaria passar. O próprio Bonifácio tomou a decisão: continuaram a servir normalmente, mas não voltariam uma segunda vez. Veio a sobremesa, um sorvete delicioso, brindes e mais brindes, meu marido me fez sinal para que nos levantássemos. Não via a hora do jantar terminar e mandar um recado para o Púrlia: Faisão montado, nunca mais. Tenho certeza que tudo não passou de inveja. Aquela mulher, sendo embaixatriz da Itália, nunca pensou que encontraria alguém que fizesse mesas mais bonitas que as suas. Desse dia em diante, retirei todos os meus livros de cozinha da estante, passei a estudar os menus de minha mãe, que eram gostosos e aos quais, com a ajuda do Púrlia, poderíamos sofisticar. E assim surgiu minha famosa mousse de salmão, receita de Alicinha, que me tirou de vários sufocos quando não surgia o homem do peixe; o xinxim de galinha que fazia sempre sucesso, o bacalhau espiritual e muitas outras receitas que eram só nossas. Na embaixada do Brasil passamos a comer uma comida diferente das outras embaixadas. Púrlia continuou vindo nos servir, mas as receitas foram todas mudadas.

Quando a comitiva do ministro Cals chegou, a embaixada já estava muito bem organizada e foi possível recebê-los com toda pompa e circunstância.

Anos depois, já morando no Brasil, soube por uma embaixatriz que esteve em Bucareste que o pobre Púrlia, de tanto trabalhar, pouco aproveitou o dinheiro. Teve um enfarte fulminante, morreu justamente na embaixada da Turquia, onde continuava a cozinhar.

## Ronaldo e os castelos de areia

Adorava quando meus pais me levavam à praia. Gostava de sentar na areia e ficar construindo aqueles castelos. Não me cansava de ir buscar água à beira mar, ia e voltava várias vezes. Aos poucos moldava torres, construía pontes, personagens; tudo que ficava à volta do meu castelo criava vida.

Quando tinha que voltar para casa, minha mãe me levava à força e, chorando, com um pontapé, destruía tudo que estava quase pronto. Ela me chamava atenção, mas prometia que no dia seguinte teria oportunidade de fazer outro castelo ainda mais bonito. Gostava de pegar na areia, socar, colocar mais água até conseguir uma massa que desse para construir castelos. Ficava horas entretido no mundo que povoava meus sonhos.

Foi assim que conheci Laura, uma menina encantadora, dona de dois olhos que pareciam as ameixas pretas que comia pela manhã. Ela se aproximou e perguntou se podia me ajudar a construir meus castelos. Claro que fiquei maravilhado com essa operária que trabalhava moldando a minha arte, indo buscar mais água quando precisava e dando risadas com as histórias que ia lhe contando. Sempre imaginava uma trama mirabolante para encantar Laura.

*

Ronaldo ficara tão maravilhado com o casamento do seu primo Rafael que passou a sonhar com a cerimônia todas as noites: o vestido da noiva que viera de Paris, a tiara de brilhantes que segurava o véu curto de tule, a música do órgão, a Ave Maria de Gounod ecoando pela igreja. Guardara todos os detalhes porque escutara várias vezes sua mãe comentando a festa com as amigas. Tudo aquilo ficara na cabeça do menino. Seu primo, muito bonito, também trajava um fraque impecável e pacientemente esperava no altar. Para o menino, o ponto culminante foi quando Rafael, apaixonado, levantou o véu que cobria o rosto da noiva.

Sonhava com essa cena repetidamente. No sonho, todavia, era ele que esperava pela noiva que vinha ao seu encontro. Mas, no momento em que levantava o véu, não conseguia distinguir o rosto de sua noiva. Uma cara estranha aparecia e tudo ia ficando fora de foco. O menino acordava desesperado, e apavorado ia procurar os braços da mãe. Queria tanto que fosse o rosto de Laura, mas nunca conseguia distinguir a menina dos seus sonhos. Aquela cara branca lhe dava arrepios. A salvação seria a praia que a mãe prometera, onde Laura estaria à sua espera.

Um dia, sua amiga não apareceu. Depois de procurá-la por todas as barracas que ficavam por perto, acabou desistindo.

Laura havia evaporado, nunca mais teve notícias dela. Com isso perdeu completamente o entusiasmo que tinha em construir seus castelos. Ronaldo não sabia que aquela menina de olhos de ameixa tinha sido meu primeiro amor.

Os sonhos do menino desapareceram com Laura.

\*

Foi uma sorte Ronaldo ter conseguido trabalho no escritório do M. M. Roberto. Dois grandes arquitetos, cheios de ideias, amigos de Le Corbusier. Passou a fazer parte da equipe que estava projetando um edifício na praia do Flamengo, esquina com Ferreira Viana. As janelas teriam venezianas de madeira, próprias para o nosso clima. Entusiasmado, era o primeiro a chegar ao escritório. Logo se entrosou com a turma. Gostavam muito de ir ao Amarelinho depois do trabalho, tomar um chope, discutir as ideias dos mestres e ver gente importante que fazia ponto naquele bar. Foi assim que pouco a pouco descobriu os encantos de Elisa, sua colega de trabalho.

O entusiasmo dos dois logo começou a despontar. Um dia se ofereceu para levá-la em casa e, depois disso, nunca mais se separaram. Elisa morava em Copacabana. Antes de entrar, sentavam num banco que ficava no calçadão bem em frente da casa dela. Esqueciam-se do tempo. Era muito beijo gostoso, muita conversa mole que acabou em coisa séria. Para o noivado foi um pulo e, quando se deram conta, já estavam com data marcada para o casamento.

Ronaldo tinha seus hábitos. Costumava, antes de ir trabalhar, tomar café num barzinho que ficava bem perto do escritório. Numa manhã dessas chuvosas, escutou uma voz conhecida que o chamava:

— Ronaldinho. Ronaldinho, será você?

Olhou espantado e viu bem ali na sua frente a menina Laura. Tornara-se uma moça muito bonita, com aqueles mesmos olhos de ameixa preta que o encantaram.

— Laura, não é possível. Menina, você desapareceu de um dia para o outro. Você nem faz ideia como fiquei desolado. Me conte o que aconteceu.

Assim as crianças que se conheceram na praia se encontraram depois de tantos anos; o entrosamento era o mesmo. Faltavam os castelos, mas eles tinham muito que contar. Laura foi rememorando aqueles momentos horríveis quando soube que não mais voltaria à praia. O pai, militar, tinha sido transferido de um dia para o outro para Manaus. A mãe, aflita, só fazia arrumar malas, vender os móveis que não levaria, e ela não teve coragem de ir até a praia avisar ao amigo que não mais poderia ajudá-lo nas futuras construções. Tinha medo, pavor de se perder no meio daquela multidão e ser levada pelas ciganas, sumir para sempre.

Ronaldo não foi ao trabalho, telefonou dando uma desculpa qualquer. Não podia mais perder a amiga. Tinham muito que contar, nada poderia escapar, principalmente saber onde Laura morava, o que estava fazendo, detalhe por detalhe. Quando se deu conta já era noite, e os dois ainda tinham muito que falar. Ronaldo não quis contar para Laura que estava noivo. Quando se despediram e a viu desaparecendo foi que se deu conta do quanto tinha sofrido com a falta da amiga.

Meu Deus, o que iria dizer a Elisa? Por que Laura aparecera? Ele adorava Elisa, mas Laura tinha sido seu primeiro amor. Quando a viu ali no café, sentiu o quanto ainda gostava da amiga. Isso não podia estar acontecendo com ele, destino cruel. Não podia abandonar Elisa, muito menos Laura, que acabara de reencontrar.

Na verdade Laura nunca tinha perdido as esperanças de encontrar Ronaldo. Seu pai, reformado, voltara a morar no Rio. Ela trabalhava num escritório de advocacia, mas nos seus dias de folga ia sempre à praia, pensando, quem sabe, em reencontrar o amigo.

O pobre homem estava dividido, sem saber que atitude tomar. Definitivamente, decidiu que não romperia o noivado com Elisa, mas também não contaria nada a Laura sobre o casamento que estava prestes a acontecer no fim do mês. E assim foi levando, enrolando, atrasando-se nos encontros com Elisa e com Laura, inventando mil desculpas para as duas, até que um dia não foi mais possível ocultar a verdade para Laura: tinha sido terrível, ele a amava tanto, seu primeiro amor, nunca esquecera as brincadeiras na praia e aqueles olhos que continuavam tão lindos, tão brejeiros. E agora, teria que magoá-la daquela maneira.

Com muito sofrimento Laura pediu a Ronaldo uma noite de despedida no Copacabana Palace. Ronaldo, que não via a hora de ter Laura em seus braços e beijar aqueles lábios, seus olhos, seus cabelos e ficar agarrado ao seu corpo, aceitou de imediato.

Os castelos eram mesmo de areia.

O destino lhes fora cruel.

Ronaldo preparou-se para o casamento, mas com Laura no pensamento. Fora um covarde em não ter contado a verdade para a noiva.

Aquela noite nunca devia ter acontecido.

\*

A igreja cheia esperava pela noiva. O primo Rafael havia se encarregado de organizar a cerimônia como Ronaldo sonhara. Elisa, linda, deslizava a cauda do vestido pelo tapete vermelho da igreja, seu véu de tule preso com a mesma tiara de brilhantes da mulher do primo, a Ave Maria de Gounod ecoava ao vê-la se aproximando, Ronaldo ficou deslumbrado, quase se esquecera da pobre Laura, que de longe tudo acompanhava. Finalmente, a hora com que tanto sonhara: levantar o véu de sua noiva.

Para espanto dos convidados, Ronaldo petrificado deu um grito quando levantou o véu de Elisa, viu ali na sua frente aquela cara branca, sem forma, que o esperava há tantos anos. Uma dor no peito, alucinante, o levou ao chão com o véu da noiva agarrado na sua mão. Elisa, aos gritos, jogou-se em cima de Ronaldo, tentando boca a boca lhe dar vida, mas já era tarde. Ronaldo, olhos arregalados, já tinha morrido.

# Xavier

Xavier costumava sair todos os dias pela manhã para dar uma voltinha no calçadão: ordens do médico. Os filhos telefonavam cobrando, quando não comparecia aos exercícios. Um horror. Bom mesmo era ficar jogado na poltrona, ainda de pijamas, lendo os jornais de pernas espichadas, sem ninguém para importuná-lo. Gostava de ler notícias trágicas, assim sentia-se conformado. Era uma boa desculpa para não sair de casa, com receio de ser assaltado. Até que resolveu cumprir as ordens do médico e saiu para passear na praia.

Um dia, mal deu dois passos no calçadão, uma senhora bem arranjada perguntou-lhe as horas. Parou, tirou o relógio do bolso e verificou que estava parado. Disse-lhe:

— Infelizmente, meu relógio não está funcionando.

Louco para a velhota deixá-lo em paz, fez menção de continuar o passeio; mas a senhora o agarrou pelo braço e pediu que, por favor, falasse com ela alguma coisa, que não fosse embora, precisava de alguém naquele momento para falar.

— Estou passando por um momento muito triste na minha vida. Perdi meu marido que foi meu grande companheiro. E o senhor lembrou-me tanto o jeito dele. Diga-me qualquer coisa, por favor.

Mas o que estaria acontecendo com essa pobre mulher? Nunca se importara com ninguém. Mesmo assim, ficou com pena e a convidou para sentar-se no banco da praia. A senhora pegou-lhe a mão e, emocionada, agradeceu profundamente.

— O senhor não sabe a caridade que está me fazendo. Estou me sentindo muito só depois da morte de meu marido.

Falava sem parar. Angustiado, já não sabia o que fazer para se livrar da velha. Como a senhora não dava trégua, desesperado, disse-lhe que tinha hora marcada, mas que amanhã a encontraria nesse banco, na mesma hora.

— Fique tranquila, estarei aqui amanhã sem falta.

Saiu dali chispando, atravessou a rua sem nem prestar atenção nos carros. Como fazer pra voltar para casa? Estava apavorado de reencontrar a velha esperando-o. Andou como um louco. Exagerando o que tinha acontecido, pensou que estava se tornando um misantropo, essa a verdade. Mas afinal era só uma senhora emocionada, viúva, que o tinha achado parecido com o marido. Arrependido, tomou o primeiro táxi que passou e foi direto para casa. Mal entrou, foi logo enchendo o copo com uma boa dose de uísque. Ficou ali na varanda pensando na solidão, devastado com a velhice que lhe chegava a galope. Os filhos pouco apareciam por lá. Os amigos já estavam em alfa, poucos haviam resistido à idade avançada, outros, velhos, bem esquecidos, alguns até esquizofrênicos, pelo que preferia não os visitar. Quando os via, voltava para casa arruinado, encharcava a cara direto na bebida, queria esquecer que ele também estava velho. Acordava revoltado, jogado no sofá, com Laura, sua governanta, trazendo-lhe o café da manhã na bandeja.

Que horror a velhice. Fora tão cruel com aquela senhora no calçadão. Custava ter-lhe dado mais atenção? Parecia que escutava sua mulher chamando-o de egoísta. Marie sempre lhe dizia que nunca conhecera ninguém mais egoísta do que ele. Era duro, também, escutá-la chamando-o de indiferente à humanidade. Santo Céu, como discutiam desde o princípio do seu casamento, nunca concordaram em nada. Não gostava nem de lembrar. Fora um casamento falido, ficaram os filhos como lembrança, que o tratavam hoje de uma forma muito indiferente.

Por sorte, Xavier, para a sua idade continuava com todas as faculdades mentais, estava um pouco curvado, mas ainda gostava de ler, escutar boa música, só relutava em fazer exercícios, mas, mesmo assim, dava aquelas suas voltas no calçadão.

Para que fora lembrar-se de Marie? Sabia que lhe fazia mal lembrar-se da mulher. Xavier ficou com remorsos. No fundo, ela não era uma má pessoa, tinha toda razão em chamá-lo de egoísta.

"Amanhã, bem cedo, vou para o calçadão esperar pela velha. Tenho que me redimir. Prometo que dessa vez vou ter paciência em escutá-la", afirmava como para convencer-se.

Assim feito, no dia seguinte Xavier estava todo uniformizado de branco, esperando pela senhora no calçadão. Quase não acreditou quando ela se aproximou, não era tão velha assim. Dessa vez, Xavier tentou ser mais cordial. Convidou-a para sentarem-se no quiosque da praia e lhe ofereceu uma água de coco. Disse chamar-se Amélia, cumprimentou-o com certa timidez, e acabou pedindo-lhe desculpas pelo exagero da véspera, em abordá-lo daquela maneira. Na verdade, quando o viu, ficou muito aflita, vieram-lhe as lembranças do falecido.

Ao contrário de Xavier, Amélia fora feliz no casamento, não tivera a sorte de ter filhos, por isso se encontrava tão só. Xavier passou a observá-la com mais atenção, era uma bonita mulher, e assim, com mais calma, sentia até prazer em estar em sua companhia.

Quem diria, Xavier amável, oferecendo água de coco, batendo papo com uma senhora que mal conhecia.

Gostaram tanto da companhia um do outro que marcaram um próximo encontro, e assim passaram a encontrar-se no calçadão todos os dias. Tinham muitas coisas para contar: Xavier a falar mal da mulher, Amélia a desfilar os momentos felizes que passara ao lado do marido. Voltava ele para casa sentindo ciúmes. Por que não encontrou uma mulher assim? Sua vida teria sido outra. Desejava que o dia passasse rápido para encontrá-la no dia seguinte. Resolveu convidá-la para almoçar na Livraria da Travessa. Amélia prontamente aceitou. Passaram momentos agradáveis, um verdadeiro casal. No outro dia, o convite partiu de Amélia. Foram ao cinema, coisa que Xavier não fazia há anos.

Praticamente passaram a ver-se todos os dias: andavam na praia diariamente, conheceram todos os restaurantes de Ipanema, não perdiam um filme que o bonequinho do Globo recomendasse e, quando se deram conta, estavam profundamente apaixonados.

# Damião

— Damião, ô Damião, tu não escuta homem? Tô te chamando há um tempão e tu não responde. Damião, morto de cansaço, já sabendo o que Mariquinha queria, não conseguia nem falar. Fez-se de morto. Jogou-se na cama de roupa e tudo, nem as botas sujas do pasto conseguiu tirar. Já tinha ordenhado as vacas, limpado o chiqueiro, dado comida para as galinhas, levado o gado para o pasto, e agora aquela mulher ainda estava querendo coisa.

Mariquinha, raivosa, começou a gritar:

— Assim não dá, vou me queixar pra Zefa. Você é um molengão. Não foi isso que ela me prometeu. Dei bom dinheiro praquela desgraçada me arranjar um homem de verdade. Tu não dá conta nem do curral, só vive cansado e agora só faz comer e se jogar na cama.

E ela continua a cantilena:

— Damião, Damião, se tu não der conta da Mariquinha, vai cantar em outro curral. Olha, vou me perfumar toda com aquele perfume especial de jasmim, me vestir de madame, colocar uma flor nos cabelos e, quando abrir aquela porta, se te encontrar desse jeito, boto os cachorros pra cima de ti. Escuta, homem, não te faz de bobo.

Damião não tinha nem onde cair morto, ao menos ali tinha comida e cama. Daí a ter que fazer sexo com Mariquinha nem passava pela cabeça do infeliz. Era muito velha e feia. Quando o pobre pensava nas belezuras que moravam perto dali, morria de desgosto.

"Sou um infeliz, um miserável", pensava o homem, "como vou poder dar conta dessa velha chata? Nem perfume de rico vai tirar aquele cheiro de sebo que sai do seu corpo. Prefiro morrer a tocar naquela velha rabugenta. Zefa vai se ver comigo. Prometeu-me um monte de coisa boa, mesa farta, cama e mulher bonita. Tenho que bolar qualquer coisa bem rápido pra me livrar dessa bruaca. Deixa ela abrir a porta que ela vai ver quem é Damião".

Não deu outra, Mariquinha abriu a porta do quarto toda emperiquitada, o cheiro do perfume misturado com o cheiro do seu corpo, pestilento.

— Então, Damião, ainda está aí de bobeira? Anda, mostra que é homem.

Damião, enfurecido, pulou da cama pra cima da Mariquinha, apertando-lhe o pescoço até não poder mais. A velha caiu dura com os olhos esbugalhados. Damião foi até a cozinha, bateu um prato de angu com feijão, tomou um bom banho, se perfumou todo com o perfume da Mariquinha. Caiu fora.

*Januário*

— Januário, traga-me um café. Era assim que ela o chamava, gritando: Januário traga isso, Januário traga aquilo. Não parava de chamar o pobre diabo. Januário mal tinha tempo para sentar e ver a vida passar. Trabalhava o dia inteiro, a Madame tirava-lhe o osso.

"Infeliz do dia em que bateu naquela porta", pensava. "Foi tudo culpa da Nazaré, manicure dessa Madame que apareceu um dia lá em casa perguntando se eu ainda precisava de emprego. Eu, que estava desempregado há quase um mês, aceitei a dica na hora, passaria na casa da tal Madame para saber qual seria o trabalho. O problema foi que, mal toquei a campainha, a Madame logo gritou":

— Entra, a porta está aberta. Ah, então você é que o amigo da Nazaré? Amigo de Nazaré não precisa de referências. Vá até a cozinha e me traga um copo d'água.

E daquela casa não saí nunca mais. Sinto-me sequestrado. Essa velha fez uma mandinga, alguma coisa estou certo que aconteceu. Foi logo me dando ordens, pedindo para fazer o almoço. Nazaré, quando aparece, mal fala comigo. Segue direto para o quarto da Madame. Na volta, passa correndo sem me dirigir a palavra. Safada, ordinária, me meteu nessa emboscada. Tenho certeza de que está de conluio com essa Madame. Até hoje não sei o que essa mulher faz. É um tal de entrar e sair gente nessa casa. Logo seguem direto para o quarto dos fundos.

Um mistério.

Nem sempre voltam satisfeitos; às vezes dá até pena olhar, é gente chorando, segurando as lágrimas, cambaleando, nem parecem as mesmas pessoas que passaram por aquela porta.

Estou curioso.

Vou ficando, a porta da rua está aberta e nada me impede de sair. Mas é um diacho, não tenho coragem de ir embora, é como se algo estivesse me impedindo de partir. Tenho que tomar coragem e escutar atrás daquela porta.

Quando Madame aparece depois daquele abre e fecha de porta, sai arrogante, exigindo mil coisas. E ai de mim se não estiver com o almoço pronto.

Januário decidiu trabalhar à noite sem que Madame percebesse, só assim teria tempo de sobra para espionar e tentar descobrir o que estava acontecendo.

Matutando com os seus pensamentos ele achava aquela Madame muito esquisita. Já acordava vestida para uma festa, joias, sapatos altos, cabelos presos enrolados em forma de coque, sempre muito maquiada, sobressaindo o batom escarlate nos lábios. Um horror para o seu gosto.

"Antes de tomar o café da manhã, já me chamou bem umas dez vezes, dá ordens, me entrega uma lista com os nomes das pessoas que está esperando, só poderei abrir a porta para aqueles que estão na lista, ninguém mais, depois some com os gatos para o quarto dos fundos. Deve estar metida com o demo, tenho que descobrir que história é essa", matutava o pobre coitado.

E foi assim que Januário começou a investigar o que estava se passando com as vítimas de Madame. Comprou um caderninho para fazer suas anotações e nunca pensou que ficaria tão envolvido com as histórias que passou a escutar.

Quando chegava a primeira pessoa da lista, Januário tirava cuidadosamente os sapatos e, pé ante pé, sem fazer barulho, ficava de ouvido colado na porta. Começavam sempre com umas orações nunca ouvidas na sua igreja, tentava olhar pelo buraco da fechadura, por não dava para ver muita coisa, só as mãos pousadas na mesa. Podia, sim, escutar muito bem a voz de Madame:

— E aí, o que aconteceu? Você seguiu os meus conselhos? Diga-me logo, não vamos perder tempo.

Ele só pegava partes da conversa: Manuel ia abandoná-la... "agora tinha certeza... de nada havia adiantado os seus conselhos... as receitas e os temperos que colocara nas comidas... ele estava ficando cada dia mais grosseiro... deu até bater em mim".

— Madame, eu lhe suplico, faça alguma coisa para impedir que ele não me abandone.

A pobre chorava baixinho e Madame, que ouvira tudo calada, segurando as mãos de sua vítima, prometia que, se mandasse mais dinheiro para o terreiro de sinhá Maria, as coisas iriam se arranjar. O pessoal do terreiro tinha lhe avisado que precisavam comprar mais de uma dúzia de galos para tirar o sangue, teriam que ser galos brancos; enquanto o sangue escorresse, fariam as orações, acenderiam muitas velas no terreiro, ofereceriam cachaça, pagariam ao tocador de bumbo, e as mães de santo ficariam cantando e pedindo aos orixás para Manuel abandonar a amante.

Madame disse que a cliente poderia deixar mil reais, o resto ficaria para a próxima semana.

A pobre rezava, se benzia, lastimando a sorte. Abriu a bolsa para retirar suas últimas economias, o dinheiro todo enroladinho, contava as notas com cuidado, uma por uma, para entregar à Madame.

Januário ficou horrorizado, então estava trabalhando para uma charlatã. Coitado do pessoal do terreiro que nada sabia, aquela gente estava sendo usada. Metia os sapatos e corria para a cozinha. Os fregueses de Madame já conheciam o caminho da porta da rua, saíam cabisbaixos com pena do dinheiro que haviam deixado. E assim Januário ficou a par das histórias e das tragédias daquela gente. Tudo era anotado com detalhes no seu caderninho. Até o dinheiro que Madame recebia era computado. Aquela bruxa já devia estar milionária com toda essa falcatrua.

Depois do trabalho, já exausto, Januário ia dormir pensando naquela pobre gente e o que poderia fazer para salvar os desgraçados que estavam sendo enganados, ludibriados por aquela pilantra. E sua amiga Nazaré, será que ela sabia das malandragens da velha? Os dias foram passando e o caderninho de Januário já estava cheio de histórias tristes e mal resolvidas.

Às vezes Madame resolvia botar cartas, e isso a diaba sabia fazer muito bem. Quando o freguês era homem, ela preferia jogar as cartas, para as mulheres tinha outro método, um jeito todo especial para botar as cartas na mesa. E cada carta tinha uma história mais complicada que a outra. Sempre dizia:

— Vejo dinheiro chegando, muito amor, um pouco de sacrifício, mas tudo vai terminar dando certo.

Aparecia sempre uma viagem nas cartas de Madame, uma doença para variar, mas nunca via morte. Os homens pagavam caro, mas geralmente saíam felizes.

Januário ficava pasmo com a ignorância daquela gente, era uma cambada de loucos. Afinal, estava fazendo um curso gratuito na casa de Madame. Pensava em sair dali apto para abrir um negócio onde morava. Guardava seus caderninhos muito bem escondidos. Mesmo que vasculhasse suas coisas, ela nunca encontraria o esconderijo.

Um dia Madame não se levantou para o café da manhã, não estava passando nada bem. Queixava-se de uma forte dor no peito, deu ordens para Januário não abrir a porta para ninguém.

Os clientes não paravam de tocar a companhia. Com Madame recolhida, Januário resolveu por conta própria receber os clientes da patroa. Arranjou uma parafernália de roupa mais parecida com roupa de árabe, um turbante branco enrolado na cabeça, sandálias de pescador, e assumiu o papel de assistente da Madame. Foi mais fácil do que podia imaginar. Já conhecia os problemas de todos os clientes, tudo estava anotado nos seus caderninhos. Com sabedoria foi desatando os nós em que a malvada enrolara aquela gente sofredora.

Abriu a porta e simplesmente passou a receber os clientes com muito mais carinho. E pedindo menos dinheiro. Deixaria os orixás de fora, sem falar nos terreiros de umbanda. Nada disso entraria nos seus conselhos.

Simplesmente Madame virou prisioneira do Januário; nunca mais saiu do quarto e, caso desobedecesse, ele chamaria a polícia e contaria todas as suas falcatruas. Nazaré simplesmente desapareceu, pelo jeito nunca mais colocaria os pés na casa de Madame por medo de Januário, que agora estava munido de uma força sobrenatural.

Um dos primeiros nós a desatar foi o da mulher de Manuel. Logo devolveu o dinheiro que Madame Rosa tinha roubado da pobre, depois lhe aconselhou abandonar Manuel, garantindo que ela encontraria uma paixão muito mais cedo do que imaginava, um homem muito bom que saberia dar-lhe valor.

Januário foi arrumando o tabuleiro e colocando as peças nos seus devidos lugares.

Os clientes se multiplicavam.

## Cleto, meu camarada

Quando me dei conta, estava preparando um cantinho para dormir, juntando uns restos de jornais, desfazendo umas caixas de papelão que havia encontrado na porta do Supermarket, jogadas na calçada (acho que já deixam lá de propósito) para acomodar meu corpo. Fazia com tal naturalidade como se estivesse habituado a toda noite procurar um canto para dormir. Inacreditável: quando acordei, encontrei ao meu lado um cachorro peludo, avermelhado, aquecendo-me as costas.

"Hei, rapaz", disse-lhe eu, "quanta intimidade". Ele apenas abanou o rabo. Simpático, gostou do meu cheiro. "Precisamos nos apresentar, Sou Gastão, é assim que me chamam por aí, e o seu?" Bem, o amigo levantou a cabeça, olhar meigo, abanou o rabo como estivesse entendendo tudo que lhe falava:

— Meu amigo além de não ter me reconhecido, deve estar ficando louco, não sabe que bicho não fala? Vai me dar muito trabalho levá-lo de volta para casa.

— Cleto, é um bom nome para você. Batizado. Agora precisamos festejar, vamos procurar uns restos de comida por aí.

Fique tranquilo, bem perto daquela esquina tem uma churrascaria de classe, um garçom amigo sempre guarda para mim uns restos de comida.

— Esse teu olhar, Cleto, lembra-me algum amigo de infância. Como me veio a infância nesse momento, não sei, só lembro que gostava de ser criança e fui até feliz. Mas, também, é só o que me lembro. Para te ser sincero, não me lembro de mais nada. Estou completamente perdido, sem documentos, memória, sujo, fedendo, já não sei o que devo fazer. É esperar que a memória me chegue. Agora que você apareceu, algo me diz que já o conheço de longa data. Vamos à luta.

De tão íntimo, esse cachorro parece que já me conhece de algum lugar. Juntos começamos a perambular pelos arredores para nos identificarmos com o novo ambiente. Tudo era novidade. Interessante ter-lhe dito que me chamava Gastão, quando nem me lembro do meu nome e o que estou fazendo por aqui. Há tanto tempo ninguém me tratava tão bem como Cleto. O meu novo amigo parece conhecer os caminhos, um verdadeiro senhor esse cachorro. O que Cleto estará pensando do seu novo dono? Senti vergonha das minhas roupas sujas, rasgadas, fedorentas. Pela primeira vez me veio a necessidade de tomar banho, mas onde encontraria um chuveiro e roupas decentes para mudar? Estou perdido. O que será de minha vida? Fiquei apavorado com a possibilidade de Cleto me abandonar. Cleto não parava de andar, estava sempre olhando para ver se eu o estava seguindo. A certa hora não foi mais possível, joguei-me nu calçada e lá fiquei. Cleto parou, abanou o rabo e sentou-se ao meu lado. Nisso apareceu uma patrulhinha, quiseram me levar. Cleto virou uma fera, veio em meu socorro e não deixou que ninguém me tocasse.

— Larga esse vagabundo, já tem essa fera que está protegendo ele — disse um dos federais.

Cleto, preocupadíssimo, tratou de me arrastar da calçada, levando-me para perto de uma árvore. Uma senhora, que tudo observava, sentiu pena e admiração pelo meu cachorro. Veio ao nosso encontro trazendo-me uma caneca com água não só para mim, mas para Cleto também. De tanta emoção comecei a chorar. A senhora viu que eu não era um vagabundo, que algo estava acontecendo comigo. Por favor, o senhor deve estar com muita fome, por que não entra e toma um prato de sopa? Traga o seu cachorro, eu estou encantada com a maneira que ele toma conta do senhor. Foi aí que me lembrei de Deus, foi o meu primeiro pensamento: Deus existe.

A senhora, vendo o meu estado lastimoso, perguntou-me se não queria tomar um banho, aceitei na hora; trouxe-me toalha e roupas do filho. Cleto estava maravilhado, parecia que estava rindo. A senhora logo colocou comida num prato fundo e chamou Cleto para a cozinha.

— Venha comer, você está precisando depois de tanto esforço que fez pra arrastar seu dono.

Cleto abanou o rabo, balançou a cabeça, mas preferiu esperar-me na porta do banheiro. Depois do banho, e com as roupas emprestadas, nem eu mesmo me reconheci quando me olhei no espelho. Era outro homem que ainda continuava a não saber quem era. Atormentado me olhava no espelho e não tinha resposta. Dona Lúcia, esse era o nome da senhora que tão gentilmente o levou para sua casa. Corajosa, pois podia ser um ladrão. Certamente havia sido a coragem de Cleto que a consternara.

De tão cansado e estressado, o pobre homem dormiu esticado no sofá. Cleto, seguro de que o amigo havia deitado, ainda esperou um pouco para se certificar de que iria dormir muitas horas naquele sofá, e decidiu que já era hora de avisar a família onde se encontrava o seu dono. Foi até a porta e esperou que dona Lúcia abrisse a porta. O caminho seria longo. O que teria acontecido com o seu dono? Como fora parar tão longe? Cleto não pensou duas vezes, saiu correndo atravessando ruas, o parque do Flamengo inteiro, até chegar à casa. A família estava desesperada, o pai havia desaparecido há três dias sem dar notícias. Sabiam que tinha saído do trabalho na hora certa, mas havia desaparecido, só um dia depois encontraram seu carro todo amassado no aterro do Flamengo, sem documentos, sua pasta de trabalho aberta, vasculhada, e foi só. Cleto dava pulos ao chegar, latia, mas de tão preocupados, nem se deram conta de que Cleto havia desaparecido. Ele não parou de latir, precisava chamar a atenção, e foi aí que Carlinhos percebeu que o cachorro queria dizer alguma coisa. Abriu a porta e viu Cleto balançando o rabo e com a cabeça fazendo movimentos, como querendo dizer: eu sei onde está o seu pai. Carlinhos foi seguindo Cleto que, esbaforido, corria e parava para ver se Carlinhos o estava seguindo. Logo, o rapaz imaginou que Cleto sabia de alguma coisa. Curioso, corria atrás do cachorro que parava para o rapaz descansar e criar forças. Finalmente chegaram em frente à casa de dona Lúcia. Ofegante, o cachorro latia para que dona Lúcia abrisse o portão. Que surpresa para Carlinhos quando encontrou o pai ainda adormecido no sofá. Não conseguiu se conter:

— Papai, papai, que felicidade, acorda, sou eu, seu filho Carlos.

O pai olhou para Carlos e não o reconheceu.

— Você é meu filho? Por favor, eu estou muito nervoso, não me lembro de nada.

— Não se preocupe, papai, logo, logo, com um bom repouso, você vai lembrar-se do que lhe aconteceu. Encontraram seu carro abandonado no aterro do Flamengo. Você deve ter sido assaltado, deve ter caído alguma coisa na cabeça.

— Dona Lúcia, nem sabemos como vamos agradecer ter dado guarida a meu pai sem nem saber de quem se tratava. Meu pai é um homem decente, trabalhador, honesto, trabalha há anos para a Petrobras. Estávamos desesperados, preciso avisar a nossa família. Que alívio. E foi o Cleto que veio nos avisar!

Cleto, deitado no tapete, descansava.

# Paulo, o omisso

Zilda, confiante no amor de Paulo, começou a ficar desleixada no visual. Já não se preocupava tanto em pintar os cabelos brancos, usava chinelos em casa, o vestido era sempre o mesmo, um tal de chambrinho, como ela o chamava. "Para que gastar roupa nova quando Paulo não está nem aí?" Ela chegava à casa e trocava-se na mesma hora. Já não se preocupava em conversar com o marido e nem saber de sua vida no trabalho.

Completa indiferença.

A infeliz não percebeu que o marido também se distanciava cada vez mais. Paulo estava em outra, nem notava os cabelos brancos e a roupa desleixada que Zilda usava em casa, há muito que achava sua conversa sem nenhum interesse. Só falava de futilidades. O país podia estar pegando fogo, o povo na rua fazendo comício, e ela nem queria saber a causa, o que estava acontecendo. Aquilo o irritava profundamente.

Paulo trabalhava na câmara dos vereadores e sabia de coisas absurdas que aconteciam por lá. De nada adiantavam os jornais noticiarem as safadezas, os roubos dos vereadores, os desvios de verba, que o processo não mudava. Logo ele que sabia de tanta malandragem que acontecia naquele escritório, mas não tinha coragem de denunciar. Era seu emprego! Colocariam-no na rua no dia seguinte e nada fariam para consertar as falcatruas. Melhor ficar na moita. Sofria com o seu silêncio, sua falta de coragem, sinônimo de fraqueza, covardia.

Um frouxo, sabia disso. Ter que aguentar aquela mulher já era uma das maiores provas.

Quando começaram as passeatas, tomou coragem, resolveu aderir saindo com uma máscara que lhe cobria todo o rosto. De nada adiantou. Conseguiu fugir na hora do pega-pega, jogou a máscara fora e foi pra casa sentindo-se um covarde em não comparecer à reunião com os amigos.

Trancou-se no escritório, pediu que Zilda o deixasse em paz.

— Isso não vai ficar assim. Preciso fazer alguma coisa, tenho provas, posso tirar cópias dos contratos superfaturados.

Sentou-se e começou a escrever tudo que lhe vinha à cabeça: os nomes dos laranjas, o caixa dois, a folha de pagamento dos funcionários que não apareciam. Gervásio, seu chefe, contratava até os filhos das amantes para trabalhar no escritório. Estava tão animado que resolveu colocar uma escuta no gabinete do chefe.

No dia seguinte, partiu eufórico para o trabalho. Ao chegar, encontrou uma movimentação fora do comum. Funcionários que não conhecia vasculhavam as gavetas do escritório, os computadores lacrados, uma confusão total.

— E o senhor, quem é? — perguntou o chefe da varredura.

— Eu — gaguejando, respondeu — trabalho aqui no escritório. Sou secretário concursado.

— Secretário concursado e não sabia de nada, hein? Agora é moda não saber de nada. Considere-se preso.

— Mas, doutor, o que podia fazer? Eu só faço cumprir ordens.

— O senhor é um funcionário do governo, estava aqui para cumprir suas obrigações, deveria ter delatado essa canalha. O senhor pecou por omissão. Arrume suas coisas, chame um advogado e vamos para a delegacia.

Paulo telefonou para Zilda, que caiu das nuvens; tinha um primo advogado de porta de cadeia, mas serviria para ajudá-lo.

— E seus colegas de trabalho? Por que não compareceram ao serviço? — perguntou o inquisidor.

— Eu lá sei, deviam estar todos mancomunados. Como não faço parte do grupo, nada me falam.

O delegado logo admitiu que Paulo cumprisse ordens — apesar de saber que não era correto o que estava fazendo — mas, mesmo assim, pecou por omissão. Não teve dúvidas em levá-lo para o xadrez.

Paulo, depois de tudo resolvido, solto por não ter antecedentes criminais, chegou à casa de cabeça baixa. Nem conseguia olhar para a cara da mulher que o esperava agoniada.

— Paulo, por favor, você não está envolvido com as falcatruas do vereador Gervásio, está? Não me esconda nada, te suplico.

Que horror, como essa criatura poderia imaginar-me envolvido com esses canalhas. Casada com ele há tantos anos, não o conhecia. Filha da Puta, além de feia e desleixada. Um mau caráter.

Dessa vez não daria uma de frouxo. Arrumou sua valise, pegou os retratos da família e foi embora juntar-se aos amigos.

# ELAS

## As meninas

A mãe de Júlia vivia buzinando-lhe nos ouvidos para que fizesse alguma coisa de útil: um trabalho, um cursinho, frequentar a Cultura Inglesa. Qualquer coisa seria melhor do que vê-la deitada lendo revistinhas, falando bobagens com as amigas no telefone.

— Menina, o tempo passa rápido, olhe para a sua mãe, você quer melhor exemplo do que a sua própria mãe? Veja como ela está arrasada, só cuidando da casa, dependendo do seu pai pra qualquer coisa. Acorda, menina, antes que seja tarde.

Realmente o exemplo era terrível. Foi ficando apavorada. Sua mãe tanto insistiu que resolveu fazer qualquer coisa de urgente, urgente mesmo, para não ficar igualzinha a ela, parada no tempo.

Convenceu Cláudia, sua melhor amiga, e juntas foram procurar uma empresa em lançamentos imobiliários. A organização estava lançando um prédio muito importante, precisando contratar meninas bonitas, meninas que ficassem nas esquinas das ruas distribuindo propaganda dos seus prédios supermodernos.

Com o endereço que encontraram no jornal, as meninas Cláudia e Júlia ficaram animadíssimas com a perspectiva de ganharem um dinheirinho, e foram procurar a agente encarregada para uma entrevista.

Encontraram uma mulher elegante, firme nas suas decisões, que as recebeu muito bem, apenas observando-as dos pés à cabeça. Foram submetidas a um verdadeiro exame físico e mental. Um interrogatório, só faltando perguntar se ainda eram virgens. Depois de responderem por escrito a um imenso questionário — data de nascimento, profissão, nome dos pais, endereço, escolaridade — mandaram-nas esperar. As meninas ficaram nervosas, inquietas, aguardando resposta numa salinha ao lado do escritório de Dona Dalva Menezes, como era chamada a toda poderosa chefe da Agência de Trabalho.

Foram aceitas, e logo marcaram hora e dia em que deveriam se apresentar. Assinaram uma papelada, verdadeiros contratos; como não eram menores não foi necessária a assinatura dos pais. Felicíssimas, foram festejar num barzinho na praia do Leme tomando um bom chopinho.

Julia, esfuziante, tentava animar Cláudia.

— Pronto, estamos feitas. Vamos descolar uma graninha e minha mãe vai desgrudar do meu pé. Cláudia, muda de cara, menina, vai dar tudo certo e, quem sabe, poderemos encontrar um bom partido. Espero conhecer um jovem, rico empresário, desses caras que estão procurando imóveis para aplicar dinheiro.

Cláudia, que nunca fora de dizer grande coisa e que sempre embarcava nos programas e na onda da amiga, parecia ausente, descrente do que estava para acontecer. Menina triste, filha de pais separados, leva uma vida modesta sem se dar o mínimo valor, apesar de bonita e inteligente. O seu maior problema era a timidez, e por isso Júlia era-lhe tão importante. Se não fosse pela amiga, passaria a vida entre casa, colégio, colégio, casa. Júlia, por sua vez era completamente diferente. Sem ser bonita, tinha um charme todo peculiar, falante, exibida, sabia o que queria. No fundo as duas se completavam.

No dia e hora marcada, apresentaram-se no escritório, já vestidas com os respectivos uniformes. Foi entregue uma pilha de folhetos coloridos, com todas as especificações dos prédios. Partiram com o grupo de moças que dona Dalva havia selecionado entre as muitas concorrentes. Foram conduzidas numa possante caminhonete e deixadas em pontos diferentes dos bairros mais importantes da zona sul. Júlia e Cláudia ficaram perto do túnel que vai para São Conrado, com as instruções que iam sendo dadas a todas as moças quando desciam da caminhonete.

— Os carros costumam ficar mais tempo parados esperando o sinal abrir e, devido ao engarrafamento, acabam abrindo a janela aceitando os folhetos. Sejam simpáticas, sorridentes, não empurrem os folhetos, façam tudo com muita educação.

A secretária de dona Dalva repetia bem as explicações.

Despediram-se da secretária e do motorista, que ficou de apanhá-las numa determinada hora, lá pelas cinco da tarde.

Depois de horas paradas embaixo daquele sol escaldante, com o suor que lhes escorria da tal boina que lhes colocaram na cabeça, com os folhetos pesando uma tonelada, a vontade que sentiam era de arrancar os sapatos que apertavam os pés e jogar toda a papelada na rua.

Um sofrimento tremendo tomou conta daquelas meninas, era o próprio inferno que subia do asfalto para castigá-las, destruí-las em pedacinhos para virarem comida de urubus. Não podiam mais suportar tamanho sofrimento.

Lembravam-se do sorriso, do famoso sorriso que deveriam fazer ao entregarem aqueles folhetos coloridos prometendo mundos maravilhosos, piscinas, vista para o mar, campo de golfe, quadras de tênis, saunas, um *spa* de luxo, um miniplanetário, só faltavam oferecer o paraíso. Coitadas das meninas que tentavam sorrir ao entregarem os folhetos: desmanteladas, não suportavam mais tamanho calor, cansaço, sede. Só de olharem as fotografias das piscinas nos folhetos, as duas suspiravam de sofrimento e desejo.

— Bem que podíamos, numa mágica, entrar nesses folhetos, sentar numa dessas varandas e ficar bobamente admirando o mar! Que tal, Cláudia, já pensou nessa? Sem falar na cervejinha bem gelada que estaria à nossa espera. Isso sim, que era vida...

Cláudia, que nunca fora de falar muito, estava muda. Só sentia o suor escorrendo-lhe pela testa, a roupa grudando no corpo. Só pensava na ideia louca que tivera Julia, isso serviria de exemplo, ficaria mais atenta às loucuras de Julia. Imperdoável, pensava ela.

Júlia estava desconsolada com os possíveis candidatos que passavam: eram só velhotes com bochechas penduradas, que mal agradeciam os folhetos.

Nisso, para um Honda, com um rapaz jovem que as recebeu com um sorriso esfuziante.

— Meninas, como posso chamá-las? Não querem dar uma voltinha até o empreendimento que vocês estão promovendo? Vamos tomar um refresco, vocês estão parecendo cansadinhas.

Júlia não pensou duas vezes: convenceu Cláudia, e logo embarcaram no possante, ela na frente e Cláudia no banco de trás.

Julia, aliviada, sentia aquele ar-condicionado gelado entrando por baixo da saia, refrescando-lhe o corpo, aliviando o cansaço. Só faltava uma água bem geladinha. Relaxando a cabeça na poltrona do carro, foi possível olhar melhor para o rapaz, que era realmente um gatão supersimpático. Cláudia, cansada, continuava calada sem dizer uma só palavra.

— Gostaria de saber o nome dessas duas bonequinhas. Nada de mentiras, só a pura verdade.

O rapaz, que havia acabado de roubar o Honda de um casal na Lagoa Rodrigo de Freitas, sabia que a polícia já devia estar a sua procura. Precisava colocar aquelas meninas no carro, espairecer, divertir-se à vontade e depois deixá-las por aí.

Cláudia, alheia a tudo, nem escutava o que o rapaz dizia, amedrontada e arrependida de estar metida naquele carro sem nenhuma defesa. Julia, já refeita do cansaço, foi posicionando-se, tratando de se mostrar natural, confiante em estar sentada naquele carrão como se fosse a coisa mais natural do mundo. Mal sabiam elas.

— Você é curioso demais, pouco nos conhece e já quer saber toda a nossa vida. Vamos de mansinho. Não somos garotas de programa, nos metemos nesse trabalho para ganhar um dinheirinho, mas deu tudo errado. Se você não tivesse aparecido naquele momento estaríamos mortas. Mortas! Meu nome é Júlia e o de minha amiga, Cláudia. Não repare, Cláudia é muito tímida e fala muito pouco. Felizmente você apareceu na hora que íamos desistir; morrer ali estendidas naquele asfalto que nos estava fritando aos pouquinhos. Uma verdadeira tortura.

O rapaz, esquecendo-se do perigo que estava correndo transitando com aquele Honda, resolveu fazer alguma coisa de bom por aquelas meninas. Sabia melhor do que ninguém que ultimamente só tinha feito canalhices, ladroagens, sem falar das drogas que transportava para aquele bacana de Ipanema. Que vida mais estúpida andava levando.

— Meninas, preparem-se, vamos fazer um programão. Vocês nunca mais vão se esquecer de mim. Meu nome é Ricardo, criado de vocês duas daqui por diante.

Seguiu em direção ao Recreio todo esfuziante. Parecia que uma nova vida o estava esperando. Ricardo era seu nome verdadeiro, não mentiu, mas também não contou a verdade. Cláudia, mais acordada, atenta ao papo da amiga com o rapaz, se sentia mais segura. Finalmente chegaram ao tal empreendimento que estava em festa, banda de música, bandejas circulando refrescos, salgadinhos à vontade nas mesas em volta da piscina, um verdadeiro paraíso para quem há pouco tempo ia sucumbir no asfalto escaldante, diabólico do trabalho. Essa era a verdade! As meninas não estavam acostumadas a trabalhar, ou melhor, nunca tinham trabalhado na vida, não sabiam nada, eram duas despreparadas para a realidade. Uma tímida, outra ousada, mas no fundo parecidas.

Um corretor aproximou-se do grupo, desses nojentos que vendem a própria alma. Vendo o rapaz que chegara dirigindo aquele Honda importado, não pensou duas vezes, iria vender para aquele cara um dos apartamentos mais luxuosos do condomínio. Foi aproximando-se com os folhetos, convidando-os para seguirem para uma tenda onde estava a maquete do condomínio. As meninas se apresentaram como funcionárias de dona Dalva Menezes. Estavam acompanhando o senhor Ricardo Leal que procurava um bom apartamento para comprar. Num dado momento começaram a chegar uns caras estranhos. Ricardo, entretido com o corretor, não percebeu que a polícia o havia cercado.

As meninas ficaram apavoradas com o que estava acontecendo, não podiam acreditar. Ricardo, um ladrão de automóveis! Dona Dalva mandou buscá-las e, depois de uma boa espinafração, demitiu-as na mesma hora. Eram umas despreparadas para o trabalho.

Infelizes, as duas voltaram para casa.

Cláudia se sentido mais segura, mais confiante na vida.

Júlia perdeu aquele seu ar de sabichona, dona da verdade, aprendeu com humildade uma boa lição: não se deve confiar nas aparências.

Ricardo não ficou preso por muito tempo, mas também não mudou de vida, continuou o mesmo. Quando roubava um carro, voltava sempre ao mesmo ponto procurando as meninas.

# Heloísa e Mademoiselle

Heloísa voltara desiludida de sua lua de mel, e já pensando em como iria livrar-se do marido. Uma decepção casar-se com um homem tão frio e desinteressante.

— Seria um escândalo, pensava.

Quando se lembrava do peão de Mademoiselle, sentia arrepios. Aquilo sim que era homem.

Aceitara casar-se com Marcelo para ver-se livre da tia Rute e da vida insípida que ela e a irmã levavam na fazenda. Acordavam com o sino tocando nos seus ouvidos; para as meninas era a pior hora do dia: banho frio, ginástica, corrida em volta do lago, e só depois tomavam o café da manhã que, para compensar, era delicioso. Logo em seguida, começavam as aulas: literatura, francês, balé, piano e até arte culinária. A tia exigia que ocupassem todo o dia para não pensarem em bobagens. As aulas eram dadas por uma professora quase ignorante. Uma "famosa" Mademoiselle francesa, indicada pelo cônsul da França no Rio de Janeiro. O safado, para livrar-se da cunhada, respondeu a carta de dona Rute, dizendo que tinha uma pretendente "com ótimas referências, respondendo a todos os requisitos que a senhora exigia." Resposta positiva, o cônsul, feliz da vida, despachou a cunhada o mais rápido possível para o endereço que dona Rute mandara.

As sobrinhas de dona Rute perderam os pais num trágico acidente de automóvel. Tudo isso aconteceu quando o pai trabalhava na embaixada do Brasil em Washington. Um dia, o casal voltando de um compromisso diplomático, resolveu alternar o trajeto atravessando o *Rock Creek Park*, que, além de lindo, encurtava o caminho. Só pensavam em voltar logo para casa para brincarem com as filhas. Nevava muito, a estrada estava escorregadia e numa ultrapassagem o carro derrapou, capotando, matando o casal. Uma tragédia. As meninas, quando retornaram ao Brasil, foram direto para a fazenda morar com a tia, irmã de seu pai, praticamente a única parente que tinham. Heloisa, desde o primeiro encontro, não gostou da tia, e a chamava de velha, rabugenta, solteirona.

A pobre senhora fora refugiar-se naquele fim de mundo para se esquecer da vergonha que sofrera no dia do seu casamento. O noivo a deixou horas esperando na porta da igreja; só depois soube que ele havia fugido com a filha da empregada.

Heloisa estava sendo muito injusta e até ingrata, quando se referia à tia Rute. Na verdade, Rute desejava o melhor para as sobrinhas. Mudara toda a decoração da casa grande só para receber as meninas. Chamara um decorador que veio do Rio de Janeiro indicado por uma amiga de colégio, para tirar aquele ar de mofo, de tristeza, que pairava pela casa. Assim, decidiram mudar os estofados, trazer cor, alegria, para a nova decoração. Os melhores quartos da casa ficaram com as sobrinhas;

foram todos decorados com os mais bonitos tecidos floridos que encontraram no mercado. Tudo escolhido com muito carinho. Até a pobre Rute sofreu uma verdadeira metamorfose. Quando foi ao Rio de Janeiro buscar as sobrinhas, sua amiga decidiu que Rute tinha que pintar e cortar os cabelos, comprar roupas mais modernas, como também colocar um pouco mais de batom e ruge. Rute ficou irreconhecível, era outra mulher. Ela, que a princípio parecia relutante em receber as sobrinhas, por ironia do destino estava rejuvenescida, feliz. Criara vida nova com a morte do irmão. Pensava e dizia para a amiga:

— Se Deus não quis que eu me casasse, em compensação me deu duas filhas para criar.

Mimi, influenciada por Heloisa, também implicava com a tia, apenas era menos agressiva.

Mademoiselle, muito sagaz, tratava de agradar as meninas encurtando as aulas, terminando as lições mais cedo para que elas pudessem andar a cavalo. Cavalgavam muito bem desde meninas, era o esporte predileto dos pais que as levavam para passear no *Rock Creek Park*.

Agora, depois de casada, a vida de Heloisa era outra. O marido, um meninão, um mandado, trabalhava no escritório do pai. Não sabia nem beijar, quanto mais fazer amor. Heloisa, que se sentia graduada por Mademoiselle na arte de fazer amor, tivera a maior decepção no dia de sua lua de mel. O marido fora para ela um verdadeiro fiasco. Começou a desprezá-lo a ponto de recusar deitar-se com ele na mesma cama. Achava-o um fraco, insosso, dentro e fora da cama.

Certa noite, ainda na fazenda, sentiu desejos de comer um pedaço de bolo. Decidiu ir até a cozinha, e qual não foi o seu espanto, ao encontrar a porta aberta e escutar gemidos, ruídos luxuriantes, que vinham lá de dentro. Muito sabida. De mansinho foi se chegando, ficou escondida atrás da porta, apreciando Mademoiselle atracada com um sujeito. Nunca poderia imaginar aquela francesa com cara de santa, agarrada com o peão da estrebaria que a segurava, apertando suas nádegas rechonchudas, brancas e esfregando-se nela com toda volúpia. Heloisa ficou tão suada que a camisola grudou no corpo. Voltou para o quarto, febril, nervosa, excitada com o que vira. Não contou nada para a irmã. Essas mesmas cenas, e outras muito mais ousadas e excitantes, se repetiram por diversas noites. Mademoiselle era viciada em sexo e, tratando-se de um crioulo forte, bonito, ainda melhorava o seu apetite. Heloisa, depois desse espetáculo luxuriante, já contava os minutos para descer todas as noites, e ficar escondida, admirando o casal fazer amor. O desenrolar do romance de Mademoiselle com o crioulo durou o suficiente para Heloisa aprender tudo o que devia e o que não devia saber sobre a arte de fazer amor. Dona Rute ficou ciente do que se passava em sua casa por uma carta anônima. A senhora ficou horrorizada quando soube tratar-se de Mademoiselle, que foi imediatamente expulsa da casa grande. Heloisa ficou arrasada com a partida de Mademoiselle. Lembrava-se muito bem daquele dia fatídico. Sem Mademoiselle, os seus interesses noturnos desmoronaram, chegou a entrar em depressão. Tia Rute, para amenizar a situação, resolveu levar as meninas para se divertirem no Rio de Janeiro. Alugaram um apartamento confortável em Copacabana, levaram carro, empregados, motorista, ficaram muito bem instaladas. Por uma infelicidade, foi justamente no Rio que Heloisa conheceu

Marcelo, parente próximo de uma amiga da tia. Marcelo acompanhava as meninas para todos os programas e acabou apaixonando-se por Heloisa. Tudo fora muito rápido. Entre namoro, noivado e casamento, passaram-se seis meses.

Agora, Heloisa estava desesperada. Não sabia como livrar-se do marido. Não concebia outra forma de fazer amor, a não ser pelos braços potentes do peão de Mademoiselle. Aquilo sim que era homem. Decidida a ir embora, telefonou para a tia Rute contando uma serie de mentiras sobre o casamento. A tia suplicou-lhe pedindo paciência, calma, que não se precipitasse, era muito cedo para tomar uma atitude tão drástica, depois poderia arrepender-se.

Heloisa não ouvia conselhos, quanto mais os da tia. A alegria de Mademoiselle nos braços do peão não saía de sua lembrança. Decidida, arrumou suas malas e, friamente, escreveu longa carta para Marcelo despedindo-se.

De volta, partiu para a fazenda.

# Anita

Era muita coincidência encontrar Mário sempre nos mesmos lugares que frequentava. Num desses encontros, conversa vai, conversa vem, decidimos marcar um almoço no restaurante Florentino. Seria ótimo na quarta; entre uma garfada e outra, nos conheceríamos melhor. A princípio relutei. Já estava desiludida desses encontros que nunca davam em nada, só faziam diminuir ainda mais minha autoestima. Assim mesmo, aceitei. Na quarta, terei tempo depois do trabalho para passar em casa, dar uma refrescada, trocar de roupa e sair esperançosa para o meu novo relacionamento. Valeria a pena? Valerá, sim. Já estou cheia de ficar em casa remoendo tristezas. Tenho sido um joguete nas mãos de Sérgio que, na verdade, nunca quis nada comigo, fui mais uma de suas conquistas. Sofro, sou masoquista de nascimento, gosto de alimentar perdas, principalmente de ficar relembrando os encontros com Sérgio, que, por sinal, foram deliciosos. Nada disso valeu a pena, não soube aceitar o rompimento dessa relação e hoje me sinto uma derrotada. Não quero lembrar os detalhes, foi muito sofrimento saber que Sérgio jamais gostou de mim. Muito triste não ter percebido desde o princípio seus atos bem estudados de galã barato de Copacabana. Descartada de uma maneira grosseira, disse-me apenas, num rápido encontro no bar da piscina do Copacabana Palace: "Anita, você é muito mais velha do que eu, as pessoas vão logo perceber nossa diferença de idade." Que horror. Fiquei estarrecida. Quanta grosseria, diferença de idade? Afinal, não é assim tão grande. Sérgio tem vinte e cinco anos e, vamos lá, uma mulher depois dos trinta, não tem mais idade. Aquelas palavras foram o suficiente para me deixar enlouquecida. Nem sei como senti forças para pagar a conta e pedir ao garçom que me chamasse um táxi. Quanta humilhação. Bem que me avisaram que ele era um aproveitador, só pode ter sido por causa do empréstimo que recusei. Imagine... Dar dinheiro a homem. Isso nunca. Foi uma sorte ter sido avisada por um telefonema anônimo. A princípio pensei que seria de alguma mulher despeitada, mas tudo foi confirmado, quando Sérgio pediu-me um empréstimo para comprar um carro. Fiquei decepcionada. De uma vez por todas, tenho que esquecer esse mau caráter. Com Mário, as coisas serão diferentes, trabalha numa livraria importante na cidade e, pelo jeito, não está interessado em explorar ninguém. É preciso pensar bem antes de cair em outra esparrela. Foi uma vergonha, precisei levar um fora humilhante, caso contrário, ainda estaria saindo com aquele cafajeste. Agora, só penso no nosso almoço no Florentino; tenho certeza que tudo vai dar certo. Quantas vezes precisarei convencer-me que não devo ficar esperançosa?! Esse é o meu pior problema. Mal conheço um cara e logo começo a fazer planos. Nunca deixo a relação rolar normalmente. É um sofrimento ver chegarem os fins de semana sem convite de um amigo para sair. Um *date*, como dizem os americanos. Que ódio eu sinto quando minha mãe vai perguntando: "E o namorado, minha filha? Arranjou?" Detesto essa sua curiosidade quase mórbida. Tenho vontade de dizer-lhe umas verdades e sair batendo as portas. Mas eu também tenho essa fixação em arranjar namorado. Isso é coisa de gente atrasada. Terei que trabalhar melhor esse problema com meu analista. Quanta angústia! Só penso no almoço da próxima quarta no Florentino, já sei até qual roupa vou usar. Nada de calças compridas; um vestido será mais feminino. Já nem consigo dormir, é muita insegurança só pensar nesse encontro. Preciso passar na Livraria da Travessa e procurar pelos livros mais vendidos, ler as críticas ou orelhas dos livros. É necessário ficar informada. Profundamente arrependida de ter aceitado esse convite. Nunca pensei que um compromisso tão corriqueiro fosse perturbar tanto a minha existência. Telefonarei desmarcando. Farei isso na véspera. Inventarei uma boa desculpa. Com essa decisão sinto-me mais aliviada.

## Laura e a sirigaita

O passado e o presente se entrelaçavam na vida de Laura. Ficava feliz, era só desejar, que o passado voltava com toda intensidade. Recostar a cabeça no travesseiro e fechar os olhos no trajeto que fazia todos os dias para o trabalho trazia Mário para o seu presente. Lá chegava ele, sempre jovem, fagueiro, terno branco, transbordando felicidade e contando as novidades que escutara dos amigos. Boêmio, sempre fora assim desde o primeiro dia em que o conhecera. Não conseguia ficar zangada, os horários dele eram sempre loucos, nunca chegava na hora certa e nada de mandar a cozinheira fazer um suflê para o jantar. Só de ver Mário entrando feliz em casa, já era tudo para ela. Pegava-a pela cintura, rodopiava, dava-lhe dois beijos estalados no rosto e pronto, esquecia-se da vida, queria que o tempo parasse para ficar eternamente ao seu lado. Amava-o tanto que os filhos nunca lhe fizeram falta.

Ficava a matutar essas bobagens tão malucas deitada com as pernas espichadas na cama.

Mário já morrera há tanto tempo, mas sempre ficou a curiosidade de saber o que ele fazia com os amigos pelos bares da cidade. No mínimo, namorando. Mas estava segura, ele não teria coragem de tamanha traição. Perdia muito tempo pensando nessas asneiras. Estava ficando biruta, o que importava se Mário namorou, se teve amante? Essa história do passado entrar na sua vida sem permissão não estava dando certo.

Teria que procurar um centro de umbanda, uma cartomante, uma vidente, quem sabe um Centro Espírita, para saber por que Mário invadia seus pensamentos com tal força, como se tudo estivesse acontecendo naquele exato momento.

Mário só estava com uma gripe boba, e subitamente morreu bem na sua frente, caindo no chão ofegante, já quase sem respirar. Foi horrível, ficou parada sem saber o que fazer; traumatizada, acabou sendo socorrida pela vizinha. Não, não, não queria pensar naqueles momentos. Um horror quando essas cenas se repetiam. Jogava-se na cama e não conseguia sair do quarto. Teria que fazer alguma coisa.

Solange, amiga de tantos anos, já havia se oferecido para ajudá-la. Frequentava um centro de umbanda, falava-lhe sempre das almas que não conseguiam partir, que ficavam perambulando, desamparadas nesse mundo, até resolverem seus assuntos pendentes.

"Quem sabe se Mário não estava querendo pedir à amiga alguma coisa importante?", Solange tentava abrir os olhos de Laura. Como boa guia, logo imaginou uma mensagem, algo que o infeliz queria pedir à mulher e Laura não estava conseguindo entender. Teria que ajudá-la. Um dia, resolveu perguntar a Laura se ela conhecia algum amigo íntimo de Mário.

Deprimida, a amiga só conseguiu falar do bar Amarelinho que Mário frequentava. Dessa vez Solange resolveu ir direto ao assunto.

— Você precisa ter coragem e ir fundo, Mário está querendo mandar alguma mensagem. Isso não é normal, ele já deveria ter desencarnado há muito tempo.

Foi assim que resolveu levar Laura ao Amarelinho. Laura relutou, mas acabou consentindo. Encontraram-se na Cinelândia e lá foram para o Amarelinho, que ficava bem na esquina junto à Câmara de Vereadores. Encontraram uma mesa perto do balcão, logo apareceu o garçom que lhes deixou o cardápio. Pediram dois chopes, batata calabresa e foi só.

Solange não perdeu tempo, logo chamando o garçom:

— Moço, por obséquio, o senhor pode me dar uma pequena informação? Conhecia um senhor que se chamava Mário, alto, bonito, muito alegre, que morreu há mais ou menos três anos? Ele costumava frequentar muito esse bar.

— Minha senhora, quem que não conhecia seu Mário? Ele vinha sempre aqui e dava ótimas gorjetas. Fez falta, até seus amigos deixaram de frequentar o bar. Estranho a senhora me perguntar logo hoje pelo seu Mário. Pela manhã, apareceu uma sirigaita que gostava de enrolar seu Mário, vinha sempre lhe pedir dinheiro emprestado e não pagava nunca. Ultimamente trazia um menino nos braços. Seu Mário chegava pro lado, disfarçava e lhe dava um dinheirinho. Os amigos riam dele e perguntavam se o moleque era seu filho. Ele contornava o assunto, mas nunca conseguiu desmentir. Sabe, moça, acasos que essas sirigaitas acabam aproveitando para tirar vantagem dos homens. Se fosse o patrão, não deixaria entrar no bar esse tipo de mulher, mas homem gosta, e o patrão acha que dá dinheiro, é chamativo.

Laura ficou gelada, logo compreendeu que o tal moleque devia ser filho de Mário. Não precisou nem trocar uma palavra com a amiga. Foi pedindo o endereço daquela sirigaita que vinha falar com Mário. Enrolou o garçom dizendo que Mário havia deixado uma carta para essa moça, e que gostaria de entregá-la pessoalmente. Passou-lhe logo uma nota de cem reais e obteve resposta imediata.

— Moça, venha amanhã, lá pelas sete horas, ela costuma fazer ponto aqui todos os dias. Vai ser fácil a senhora encontrá-la.

— Diga-lhe que traga a criança.

As amigas tomaram bem uns três chopinhos, comeram toda a batata calabresa e, mudas, saíram abraçadas.

— Laura, você tem que ser forte. Vamos enfrentar esse problema, é isso que Mário está tentando lhe dizer. Quer que você tome conta do filho. Você faria isso, Laura?

— Nem sei o que responder. Estou tão chocada, tão arrasada, vamos chegar em casa e, com calma, vou pensar no assunto.

Quando as duas freguesas deixaram o bar, Otávio, o garçom, não via a hora de a sirigaita chegar. Sabia que lhe daria uma grande notícia.

Não tendo com quem deixar o filho, a sirigaita não estava dando conta do recado. Nem sempre a companheira de quarto podia ficar com o menino, e a solução era levá-lo, como costumava fazer. O patrão não estava gostando de ver aquela criança correndo entre as mesas. O Amarelinho não era lugar de se levar criança e estava vendo a hora de o patrão obrigá-lo a barrar a entrada da sirigaita. A verdade é que Mário estivera enrabichado por essa mulher. Conhecera a moça ainda jovem, cheia de beleza, cabelos soltos; gostava de se vestir de uma forma extravagante, deixando o bico dos peitos aparecerem, o vestido sempre colado no corpo, dona de uma gargalhada gostosa. Nunca sentiu ciúmes, como também nunca tivera coragem de abordá-la. Sabia que não tinha dinheiro para sustentar aquele material.

Otávio pensou: afinal, seria ótimo para o menino se a mulher de Mário o quisesse adotar. Teria que convencê-la, para o bem do menino, que ela aceitasse essa ideia. Quando lhe contasse da carta, ela ficaria morrendo de desejos para saber o que estava dentro do envelope. A sirigaita gostava de dinheiro, ultimamente andava numa penúria de fazer dó. Nem sempre arranjava freguês no Amarelinho e voltava para casa desanimada. Tinha medo de não vê-la mais. Quantas vezes passou-lhe parte de suas gorjetas! Teria que convencê-la a entregar o menino, deveria ser ardiloso e prometer-lhe alguma coisa que nunca ouvira no Amarelinho.

No dia seguinte, Laura ficou pronta antes da hora, contratou carro de aluguel e, com a amiga, foi levando o envelope. O envelope estava gordo, trocou o dinheiro em várias notas, era uma boa quantia. Saberia negociar, faria o impossível para ficar com a guarda do filho de Mário. A condição seria: o envelope pelo menino.

Não deu outra. A mulher já estava a sua espera. Vulgar, lábios grossos, pernas bem torneadas, uma puta com cara de puta. Essa era a verdade. Já sabia o que Mário havia visto naquela mulher, tinha certeza que não era amor. Amor, ele tinha tido só por ela, disso estava certa.

Nem foi preciso falar nada, o garçom já tinha se encarregado de resolver o assunto. Com poucas palavras entregou o envelope para a sirigaita, que trazia o menino pela mão. O moleque era a cara de Mário. Só de ver o menino já ficou apaixonada, uma espécie de amor de mãe que brotava. Com carinho, aproximou-se do menino, pegou-o pela mão e se afastou. A desgraçada, de posse do envelope, só soube dizer-lhe:

— Cuide dele direitinho.

## Marina

Fizeram tanta confusão por causa de uma história tão simples. Nunca passou de um mero engano. Estava parado, bem em frente à Livraria da Travessa, quando encontrei Marina que havia decidido flanar por Ipanema. Paramos para conversar um pouquinho e, afinal, não tínhamos nada para fazer. Marina mais envelhecida, pele flácida, algumas rugas bem profundas que lhe davam um ar de sabedoria e, por incrível que pareça, caiam-lhe bem. A conversa foi ficando animada, apesar de não nos vermos há muitos anos, os assuntos que tínhamos para colocar em dia eram antenados, atualizados e nos interessavam profundamente. Algumas décadas atrás, tivemos um caso que durou pouco, mas, ambos saímos gratificados dessa relação. Marina sempre tivera uma cuca fresca, adorava cozinhar, ler e sabia matemática como ninguém. Notável economista, sempre fora cobiçada pelos ministros da Fazenda para assumir cargos importantes, mas, um tanto original, não esquentava lugar. Entrava como por um favor só para ajudar, dar um empurrãozinho, colocar as contas em ordem, dar novos horizontes e depois arranjava uma desculpa e saía gloriosamente do emprego. Não precisava desse dinheiro, era independente financeiramente e gostava de sua liberdade. Quando lhe dava na venta, tomava um avião e se mandava para Paris. Ia se divertir, frequentar restaurantes, concertos ou simplesmente sentar num daqueles cafés do *Faubourg* e tomar um vinho, ler o *Le Monde*, e ver a vida passar. Era assim a Marina. Aprendi muito com ela a dar valor às mínimas coisas, uma filósofa de mão cheia. Mas, infelizmente, a nossa transa terminou e ambos não queríamos que a relação caísse num lugar comum. De pleno acordo, marcamos um jantar no Antiquarius e, tomando um bom vinho, nos despedimos como amantes para continuarmos apenas grandes amigos. Acabamos nos afastando para não recomeçarmos tudo novamente. Foi mais sensato de nossa parte. Os anos foram passando, eu fui morar em São Paulo, acabei perdendo Marina de vista. Agora lá estava ela, bem na minha frente, radiosa, sabendo levar sua idade, amando a vida mais do que nunca. Uma sábia, minha amiga Marina. Despedimo-nos, demos aquele abraço supercarinhoso e foi tudo. Cada um foi para o seu lado, e tratei de não olhar para trás, com a minha sacola com dois bons livros, fui voltando para casa com Marina na cabeça. Foi tudo o que aconteceu.

No dia seguinte o telefone tocou.

— Pedro, gostei de ver você com Marina! Logo vi que reataram o romance. Só faltavam sair corações voando em volta dos dois. As mãos de vocês permaneceram apertadas todo o tempo em que estiveram juntos. Você estava parecendo um outro homem, ereto, mais jovem, até o seu olhar estava diferente, brilhava, saíam estrelas por todo lado. Foi uma pena não ter trazido minha filmadora. Fiquei ali parado, dentro da livraria, admirando o casal apaixonado. Fez-me bem, Pedro, ver um homem da minha idade exaurindo paixão, fez-me bem, mas fiquei com inveja, devo admitir.

— Cara, você está louco, anda vendo passarinho, estrelas, corações, mãos entrelaçadas, você está muito carente. O que é isso, rapaz, imagine se Lúcia escutasse uma coisa dessas, ciumenta como ela é, acabaria acreditando nas suas histórias. Marina hoje não passa de uma grande amiga, e é só. Sinto muito desapontá-lo, volte a escrever.

Mudaram de assunto, marcaram um encontro no Jóquei da Lagoa, precisavam falar sobre editoras, novos autores que estavam surgindo.

Pedro ficou impressionado como Jorge viu coisas que nunca existiram: mãos entrelaçadas, olhares apaixonados, fez uma confusão danada misturando a alegria do reencontro com a amiga e outras insinuações amorosas. Pensou em Lúcia e ficou preocupado. No dia seguinte jantaria com Lúcia, já estava tudo programado. Chegando, tratou de tomar um bom banho, bem refrescante. Fazia um calor úmido tremendo, o Rio estava quente, saudades de São Paulo. Sua secretária eletrônica piscava avisando dos recados, deu-se o trabalho de tocar o botão para saber se tinha alguma mensagem da editora e, qual foi sua surpresa, encontrar um recado de Lúcia desmarcando o jantar, simples e secamente. Ficou espantado, sentou-se, esticou as pernas e ficou sem saber o que pensar. Só poderia ter sido fofoca de Jorge, que cretino, que filho da puta, cachorro, deve ter telefonado para Lúcia contando do encontro com Marina.

Só pode ter sido aquele desgraçado, ele sempre tivera uma queda por Lúcia, aproveitou para lhe contar o que não vira. Ficou sem saber o que fazer, resolveu telefonar para Lúcia esclarecendo o seu encontro e a conversa que tivera com Jorge. Impressionante, estava reagindo como um adolescente bobo, sem personalidade, com medo de Lúcia, essa era a verdade. Fora um reencontro inocente e só de boas lembranças, nada mais. Antes de ligar para Lúcia, foi até a geladeira pegar uma lata de cerveja. Uma cervejinha esclareceria suas ideias. Com a latinha gelada voltou a sentar-se perto do telefone e seus pensamentos voaram para Marina. Sentiu saudades do tempo que passaram juntos. A verdade é que nunca fora tão feliz, nunca mais soube levar a vida daquela maneira, leve, despreocupado, tudo tinha sido só prazer. Por que acabamos? Foi a pior coisa que fizera ter concordado com Marina, afinal se amavam, se davam tão bem, mas foi com medo daquela felicidade terminar que decidiram acabar a relação. Coisa de doido. Ficou assim um tempão com as pernas estendidas, que até se esqueceu de ligar para Lúcia. Quando se deu conta já era tarde, encomendou qualquer coisa para comer, da Pizzaria Guanabara, e resolveu que esclareceria qualquer desentendimento com Lúcia no dia seguinte.

## Sandrinha, a virgem

Encontrá-lo está se tornando um problema para mim. Volto para casa perturbada só de pensar que terei que dividir com Leandro meu espaço de trabalho. Como foi possível ele ter a coragem, na hora do almoço, em frente aos colegas, de ter me pedido para não lhe telefonar mais. Falou pausadamente para que todos ouvissem, que não tinha mais tempo a perder. "Será que você não entende que eu não quero mais nada com você, criatura?".

Que vergonha e que susto. Fiquei sem saber o que responder. Nunca liguei para esse infeliz. Devia estar ficando louca. Meu pecado foi aceitar sua carona na saída da festa de Tininha Rocha.

Como será que tudo isso aconteceu? Quando entramos no seu carro depois da festa, Leandro foi logo me convidando para um programa tentador. Aceitei de imediato. Estava precisando espairecer, minha vida tinha sido até hoje tão controlada, até chegaram a me dar esse apelido: dona Certinha. Os colegas de trabalho já tinham me convidado várias vezes para sair, mas eu sabia muito bem o que queriam: levar-me para um motel como faziam com minhas amigas. Eu tinha receio de ser fraca e entregar-me assim, sem amor, sem ter um compromisso certo. Queria guardar minha virgindade para o dia do casamento. Mas nessa noite tudo seria diferente. Havia tomado umas batidinhas, ambiente romântico, noite bonita, tudo me levou a aceitar a carona de Leandro.

Quem sabe, hoje perderia minha virgindade? Afinal, estava ficando *démodé*; todas as minhas amigas já haviam superado esse pecadinho há muito tempo. Só eu tinha ficado para trás, alimentando fantasias, um romantismo ridículo, completamente fora de moda. Não era todo dia que aparecia um aniversário como o de Tininha, menina rica, que vez por ano dava uma festa de arromba para comemorar.

Essa noite seria diferente.

Leandro seguiu direto para a Barra me levando para um motel que, segundo ele, era maravilhoso. O carro ficou guardado ao lado do chalé, ele foi logo abrindo a porta do quarto e se jogando na cama.

O efeito das batidas ainda não tinha passado, tudo ali era diferente de um quarto de hotel, os espelhos se multiplicavam, até no teto tinha espelho, uma pequena piscina com cascata; ao lado da cama uma garrafa de champanhe já nos esperava. Eu, aquela moça recatada, que nunca havia cedido a nenhum convite dos amigos, estava ali esperando para perder a minha virgindade com um sujeito por quem não tinha a menor simpatia. O efeito da bebida estava passando. Leandro, impaciente, foi me chamando.

— Menina, vem logo, senão a vontade passa.

Fui me aproximando como se estivesse indo para um matadouro. Quando me dei conta, já estava em seus braços, que me agarravam sem jeito, com força, arrancando minhas roupas com uma volúpia exagerada. Não eram beijos delicados que me dava, tudo muito diferente do que havia planejado.

Mas o problema era mais sério do que podia imaginar. Na hora H, o rapaz não conseguia fazer nada. Nervoso, não chegava a nenhuma conclusão. Um horror. De repente, parou com os avanços e começou a me xingar.

— Sua desgraçada, não consigo sentir nada por você, chega pra lá sua putinha de merda e não me toque mais.

Foi tudo o que aconteceu.

O cara espumava de ódio, fui me encolhendo, pegando minhas roupas espalhadas pelo quarto e, muda, petrificada, não sabia o que fazer de tanta vergonha. Logo, ele entrou no carro, pagou a conta, acelerou com toda velocidade. Quando chegamos perto de minha casa, destrancou a porta e disse:

— Pula fora, sua vadia de merda, e não me dirija mais a palavra.

E agora, esse veado vem com essas mentiras; deve estar pensando que contei o seu fracasso para todos os colegas. Só se fosse louca, não iria me desmoralizar, não era tão ingênua a esse ponto.

No dia seguinte, inventei uma mentira para a minha chefe, disse que estava passando mal com cólicas e ela me deu dois dias para ficar em casa. Tranquei-me no quarto e não consegui falar com mais ninguém. À noite, apareceu Carlos, amigo de meu irmão, que vem sempre depois do jantar para estudar com ele; estavam tentando fazer um concurso para o Itamaraty.

Carlos era um rapaz especial, tímido, meio desajeitado, sempre arranjava um momento para bater um papinho comigo. Ficávamos horas na varanda conversando, trocando ideias até que meu irmão chegasse do trabalho. Depois, os dois desapareciam e ficavam até altas horas estudando. Nesse dia, quando Carlos saiu do quarto do meu irmão ainda me encontrou na varanda com os olhos vermelhos de tanto chorar.

— Que é isso, Sandrinha? O que está acontecendo?

— Carlos, você nem faz ideia do que aconteceu.

Foi aí que lhe contei meu infortúnio, despejando minha infelicidade, tudo que havia acontecido comigo. Carlos ficou horrorizado, rapaz sensível, educado, ficou extremamente chocado.

— Isso não pode ficar assim, não. Esse brocha vai merecer uma boa vingança. Tenho que bolar uma daquelas vinganças de ficar na história.

Foi ótimo ter contado ao Carlos, melhor do que levar esse assunto para o trabalho.

Saindo dali, Carlos que curtia uma paixão discreta pela irmã do amigo, resolveu agir o mais rápido possível. Pensou bem, analisou o caso e viu que precisaria da ajuda de alguém com mais experiência. E quem melhor que seu irmão Rafael, boêmio inveterado, que conhecia todas as malandragens do Rio? Ele sim poderia ser útil. Rafael achou a história deliciosa: uma virgem no Rio de Janeiro que precisava de sua ajuda. Teria que defendê-la das ofensas de um cara que não tinha conseguido fazer nada com ela. Na hora H, havia falhado.

Rafael nem podia acreditar como o sujeito pode perder uma virgem dessa maneira e ainda tripudiar. Esse cara merecia uma boa lição.

Rafael levava tudo na gozação.

— Fique tranquilo, vou resolver esse caso rapidinho. É só encontrar a garota que estou pensando, ela não é de brincadeira, vai resolver tudo na maior discrição, tem todos os apetrechos físicos e materiais para deixar o senhor H nocauteado. Rafael já havia colocado um apelido em Leandro, senhor H.

Carlos, feliz da vida, esperava ansioso para levar o caso resolvido para Sandrinha. O tempo foi passando e Sandrinha acabou se acostumando a olhar para a cara do seu inimigo com a maior das indiferenças.

Carlos agora dera para chegar mais cedo à casa do amigo. Às vezes, até filava o jantar, depois ia trocar ideias com Sandrinha na varanda. Um dia, Carlos chegou agitado, tinha boas notícias. Ficou pasma quando soube como a coisa tinha sido arquitetada por Rafael, e que já estava de posse de um vídeo comprometedor.

O senhor H tinha sido desmoralizado pela famosa amiga de Rafael. Pelo jeito, ele não era de nada, só sabia se jogar pra cima das mulheres, mas na hora não chegava a lugar nenhum.

O vídeo ficou sensacional e não foi preciso Sandrinha pagar nada. Rafael e a amiga se divertiram participando do fracasso amoroso de Leandro.

Agora Sandrinha precisava saber o que fazer com o vídeo. Rafael se encarregou de tudo, mandariam uma cópia desse vídeo com os seguintes dizeres: caso Leandro a importunasse mais com suas grosserias, colocariam o vídeo na internet.

Ponto final. O caso tinha sido resolvido.

A virgindade de Sandrinha não a incomodava mais. Voltou a ser a funcionária perfeita, a dona Certinha como os colegas a costumavam chamar. Mas foi aí que, um dia, lendo o jornal de domingo, viu a matéria de uma senhorita que morava no Paraná, e colocara um anúncio no jornal leiloando sua virgindade. A reação de Sandrinha foi imediata.

— Espetacular, pensou. Por que não fazer a mesma coisa? Vou esperar para ver por quanto vai sair esse leilão.

Resolveu comentar o caso com Carlos, chegou a dizer-lhe com todas as palavras que estava pensando em fazer a mesma coisa. O rapaz quase teve um colapso. Essa irmã do meu amigo é mesmo maluca, onde estava se metendo quando foi ajudar essa doida a se livrar do tal colega? Mesmo assim, a virgindade de Sandrinha não saía mais de sua cabeça. Ele nunca tinha conhecido uma virgem, todas as suas aventuras amorosas tinham sido arranjadas por Rafael, meninas superlibertárias e modernas.

Agora Sandrinha estava obcecada com o caso da garota do Paraná. Começou a fazer planos com o dinheiro que poderia receber. Afinal, se perderia a virgindade, não deixaria por menos, tinha que ser remunerada e muito bem. Ficou atenta, procurando sempre nos jornais pela notícia do leilão da famosa virgem do Paraná.

Carlos resolveu contar para o irmão, seu confidente, o novo problema de Sandrinha. Desejou ardentemente ser o vencedor do leilão. Rafael não teve dúvidas.

— Deixa pra lá que resolvo o teu caso. Vá se preparando e tomando muita gemada. Mas te digo uma coisa, essa tua amiga Sandrinha é maluquinha, ela é da pá virada. Virgindade resolvida, veja se desaparece do cenário.

Prepararam um rascunho do anúncio do leilão que colocariam no jornal: "Virgindade em leilão". As respostas iriam direto para uma caixa postal. Carlos, entusiasmadíssimo, levou o rascunho para Sandrinha dar o seu aval. O texto foi aprovado. Carlos já não cabia mais de alegria, passava horas combinando o tal encontro. Rafael se divertia com a amiga escrevendo as falsas cartas, imaginando como seria o dia do encontro de Carlos com a virgem.

Sandrinha nunca poderia desconfiar de nada, ela deveria usar uma venda. Uma echarpe de seda preta ganhou a sugestão — seria colocado em seus olhos. Alugariam dois quartos geminados num determinado hotel em Copacabana.

Sandrinha ao chegar ao quarto encontraria na cama todas as instruções necessárias: o envelope com o dinheiro, a echarpe preta, e só esperaria por um telefonema.

Tudo resolvido só faltava encontrar o dinheiro. Teria que ser uma quantia razoável para impressionar Sandrinha. Rafael logo tranquilizou o irmão, dinheiro era com ele, conhecia um falsificador perfeito, ela nunca iria desconfiar.

# Lúcia

Lúcia se encaminha para o quarto, já é tarde da noite. Sente um desejo de poder rever aqueles amigos que raramente a esperam. Fica emocionada quando tem a chance de revê-los. Sempre os encontra nos lugares mais imprevisíveis. Os espaços são vagos, vazios, portas, paredes, chão. O interessante é que nada disso nunca a perturbou.

Lembra-se de que uma vez estava com seu cachorro num navio. Ambiente lúgubre, salões vazios pouco iluminados, exige que coloquem mais lâmpadas — a luz lhe fazia falta. Os poucos passageiros que ali se encontravam admiraram sua persistência em conseguir o que desejava. Depois, como uma mágica, o navio desaparece e ela se encontra num lugar desolado, agreste; escondida, vigiava, não sabia bem o que; estava atrás de um arbusto como que procurando uma pessoa. Criou coragem, aproximou-se de um velho casarão destruído, ouviu vozes, mas não conseguia perceber de onde vinha o barulho. Agachada, foi subindo bem devagar, com medo de algo surgir do nada. Encontrou um grupo de pessoas combinando um passeio; juntou-se a elas, fez um esforço em tentar saber para onde estão partindo. Mesmo sem saber seu destino, se mete no grupo que entra numa lancha costeira. O piloto consegue acomodá-los todos muito apertados, e sai numa velocidade que os deixa apavorados. O barco descontrola-se e os passageiros são projetados, foi um salve-se quem puder. Lúcia consegue nadar e chegar salva em terra. Caminha em direção a um shopping que vê ao longe, faz um esforço tremendo para chegar até lá. Sobe a escada rolante agigantada que parece não ter fim, também não sabe para onde a está levando. Finalmente chega até o último piso, não há mais nada a fazer do que sair e andar pelos corredores imensos. Dessa vez, vê paredes pintadas de branco, paredes lisas, nuas. Abre uma porta e, para sua surpresa, encontra gente conhecida. O tempo, contudo, não é o de hoje, é um tempo de muitos anos atrás. Lúcia sente a paz imensa que procurava. Tudo lhe parece estranho, mas gosta de rever as formas do passado. Todas elas desapareceram de sua vida há muitos anos. Lúcia tenta se equilibrar, o chão oscila, flutua, é escorregadio, vai tentando manter o equilíbrio. Seus amigos, preocupados com o tempo que lhes restam, aproveitam para colocar os assuntos em dia, sabem que logo terão que partir. Lúcia sente que esse espaço não é seguro, é volátil, e percebe que seus amigos estão mais leves, simpáticos e compreensivos. Como já está ciente de tudo que lhes aconteceu, trata de facilitar os assuntos, eles já transcenderam e não sabem, mas podem viver nessa realidade de uma maneira mais dócil, e até seus olhares são diferentes. Essa matéria que os cerca vai criando uma distância que os separa, e essa distância vai se tornando cada vez maior. Olham-se, deixam passar uma melancolia imensa, e os assuntos não se concluem. Nada podem fazer, tanta coisa importante se foi, e não deram o devido valor no momento certo. Lúcia, com muito sofrimento, remorso, desolada, despede-se, mas resignada por saber que ainda poderão reencontrar-se. Como sempre, todos esses encontros se dissolverão, nada ficará registrado em sua memória.

Lúcia, esperançosa em ter bons sonhos, prepara sua cama, bate bem o travesseiro, aconchega-se e dorme.

# Sarah

Sarah sentia raiva, vergonha do pai quando via aquelas crianças trabalhando no roçado. Tinha uma vontade de se meter e dar ordens para que não as deixassem mais trabalhar. Sua voz era nula. O pai a ignorava. Quando nasceu, fora uma decepção, pois o pai queria um varão para continuar a dinastia dos Mello. A mãe morreu logo em seguida ao seu nascimento e fora criada pela ama de leite, Luzia, uma negra gorda, que a amamentou até os seis anos de idade. Sarah foi criando uma raiva, desprezo por esse pai tão ignorante e desumano. Sentia uma imensa dor no peito de não poder fazer nada por aquelas crianças. O desejo do pai era uma ordem, e ninguém se metia em contradizer uma vontade sua.

Sarah, apesar de viver jogada no meio dos empregados, era uma menina atenta a tudo que se passava ao seu redor e, graças a uma velha tia solteirona, aprendeu a ler e conhecer um pouco da vida. Quando o pai não estava em casa, coisa que acontecia com muita frequência, ia à procura dos livros de Elisa, sua mãe, que recebera uma educação esmerada: o pai, dono de fazendas de café, mandara vir do Rio uma governanta francesa para Vassouras, onde contratou os melhores professores para dar-lhe aulas particulares. Falava francês, aprendeu a tocar piano no conservatório da cidade, mas tudo isso de nada lhe serviu. O marido, um ignorante, só sabia ganhar dinheiro, mal sabia ler, dava pouco valor a essas baboseiras, como qualificava.

O mercado do café andava mal e, quando Maurício Mello, conhecido pela sua fortuna, apareceu em Vassouras à procura de terras, o avô de Sarah achou que o homem seria um grande partido para a filha. O velho só pensava em saldar suas dívidas com o Banco do Brasil, estava praticamente arruinado. Entregar a filha para esse forasteiro rico fora sua salvação. Maurício não só pagou as dívidas do avô de Sarah como ficou com todas as suas terras. Depois do casamento, deu um dinheirinho para o sogro e o fez desaparecer de Vassouras.

A menina, quando o pai se ausentava, adorava perambular pela casa e descobrir os cadernos, os livros da mãe. O piano da mãe ficava jogado num canto da sala. Um dia, Sarah se aventurou a abrir o piano, tirou o feltro que cobria as teclas e, sem saber como, suas mãozinhas tocaram nas teclas e uma música linda soou pela casa. Todos correram para ver o que estava acontecendo, pensaram que fosse uma assombração e, desde então, Sarah sentava ao piano e tocava sem parar na ausência do pai. Eram as mãos de Elisa, sua mãe, que a ensinavam a tocar, e assim, a menina criou tal amor pela música que, sem saber como, saíam dos seus dedos. A fama correu pelas fazendas e todos queriam ver e escutar Sarah tocar. A menina foi crescendo e as qualidades artísticas da mãe a acompanhavam. Certa vez bateu na porta um senhor francês que havia comprado terras ao lado da fazenda e foi Sarah que, na ausência do pai, falando um francês perfeito, o recebeu. O senhor ficou encantado com aquela mocinha tão jovem de cabelos loiros, que não só falava francês como o recebeu com uma elegância impecável. Ninguém podia imaginar que Sarah, saindo dos peitos da negra Luzia e apenas aprendendo a ler com a velha tia, soubesse tanta coisa. Sarah sabia conversar assuntos dos mais variados, servia um chá e recebia como uma donzela do Rio de Janeiro. Viúvo, recém-chegado de Paris com dois filhos pouco mais velhos que Sarah, ficou completamente apaixonado. Sarah não lhe saía da cabeça, as músicas que tocara, aquelas mãozinhas ao piano servindo-lhe chá, não lhe escapavam do pensamento. Queria casar-se, sentia falta de uma mulher como companheira. Não pensou na diferença de idade, mesmo porque ainda se sentia jovem e viril. Tinha certeza de que faria a felicidade da mocinha.

Sarah não ficou lá muito impressionada com o francês, que se chamava *Monsieur* Jacques. Simplesmente o achou agradável, educado, coisa rara por aquelas bandas. Maurício, seu pai, logo soube da visita do francês, visita de cortesia. Até ele não entendia como a filha se movimentava com uma elegância própria e falava francês. Parecia assombração.

O pai estava receoso de que Elisa viera se vingar no corpo da filha. A jovem cada vez se parecia mais com a mãe: aqueles cabelos loiros cacheados caindo pelos ombros, alta, esguia, passava o dia lendo, tocando piano e tratando com os jardineiros dos jardins de rosas da mãe. Onde botava a mão, saía uma rosa linda. A casa de Sarah foi voltando ao tempo áureo das fazendas de café. As pratas brilhavam, os jarros eram refeitos todos os dias com as flores mais lindas do jardim e a presença do pai deixou de atormentá-la. Criou forças para enfrentá-lo, e ele passou a se achar um intruso naquela casa. Ele dizia que era coisa do diabo. O espírito de Elisa devia estar perambulando pela casa. Foi ficando tão maluco a ponto de mandar abrir o túmulo da mulher. Só encontrou cinzas brancas como a neve. Aí mesmo que se atormentou. Sarah, vendo o pai completamente desequilibrado, resolveu tomar as rédeas da casa. Mandou chamar o capataz, que viesse com os livros de contabilidade das fazendas. Todos ficaram admirados com a firmeza da moça e sua capacidade administrativa. Resolveu imediatamente retirar as crianças do trabalho escravo; mais tarde, daria um jeito de arranjar-lhes escola. Com a piora do pai, que andava se arrastando e se agarrando pelas paredes da casa, por meio de uma junta médica, não teve remorsos nem dúvidas de mandar o pai para um hospício de loucos no Rio de Janeiro.

    O avô, que morava de favor em casa de um amigo, resolveu fazer-lhe uma visita. Sarah sabendo de toda a verdade, o recebeu friamente, mas lhe cedeu a casa de um capataz numa das fazendas. Ficasse seguro que não passaria fome, mas lhe pedia um único favor; que só aparecesse na casa grande quando o mandassem chamar.

    O francês ficou a ver navios. Ela não cairia em outra armadilha, tal como a mãe.

Jovem, bonita, rica, dona de uma cultura invejável, resolveu conhecer o mundo.

O povo de Vassouras não viu outra explicação que não o dedo do diabo!

## *Madre Caridade*

Aquela sombra sinistra parecia perseguir-me. Sempre presente, hábito preto, uma touca branca engomada que descia pelos ombros. Era assim que, apavorada, eu via madre Caridade perambulando pelos corredores do colégio. Sabia que não gostava de mim. Implicava comigo por ser filha de um escritor comunista, deve ter sido informada pelos padres reaças que rezavam missa no colégio.

Fazia o possível para agradar essa madre Caridade, trabalhando pelas missões. Vivia pedindo dinheiro aos amigos de meu pai para ajudar uma causa que ela pregava: mandar dinheiro para os padres que trabalhavam nas missões, mas de nada adiantavam os meus esforços para conquistar sua simpatia. Desconfiada, me olhava de lado, com os braços cruzados, esperando alguma coisa errada para me chamar a atenção. Desde o primeiro dia que entrei para o internato começou a perseguição. Transferida de outro colégio que não aceitava mais internatos, habituada a saudar as freiras fazendo o genuflexo e dizer: "*Bonjour ma mère*", de imediato, ela foi logo me cortando: as regras no seu colégio eram outras. Não tinham essas frescuras de falar em francês para pedir a benção, e muito menos fazer o tal genuflexo ridículo.

Ao acordar, tudo era feito em minutos: a cama, escovar os dentes, pentear o cabelo, tomar banho e estar pronta quando o sino tocasse. Como levava muito tempo para me pentear, estava sempre atrasada. Por causa disso, ela apareceu no vestiário numa daquelas manhãs com uma tesoura enorme e resolveu cortar minhas tranças; assim seria mais fácil, não perderia tempo penteando os cabelos. Depois foi o lanche da noite. Minha mãe havia pedido que não se esquecessem de me dar todas as noites antes de dormir um copo de leite. Madre Caridade me convenceu que isso era coisa de criança, avisaria a minha família que eu tinha desistido de tomar a merenda da noite. A princípio dormia com um buraco na barriga, depois fui me acostumando.

Para ser franca, nem todas as Madres tinham o mesmo comportamento dessa criatura tão má. Acho mesmo que ela as atormentava com sua rigidez espanhola, formação jesuítica da qual se orgulhava.

Eu tinha pavor quando a via cruzar o pátio.

Seria injusta se não me lembrasse de falar na madre Nilce que adorava esporte, era nossa treinadora de voleibol e professora de matemática. Vivia com o apito pendurado no pescoço e adorava apitar na hora do saque, nas faltas e nos ensinava a cortar, jogar na rede, na defesa e a dar o saque mais forte possível. Ela, mal terminava um campeonato, já começava a organizar outro. Como eu era alta, sempre me escolhia, nunca ficava fora das jogadas. Depois vinha madre Izabel, nossa professora de música. Essa era uma santa, teve paralisia infantil quando criança e puxava por uma perna com muita dificuldade. Chegávamos a ouvir aqueles ferros que seguravam sua perna rangendo. Sempre chamava um grupo de alunas, suas prediletas, à noite, para a aula de teoria. Saíamos felizes para a sala fugindo dos olhares de madre Caridade. Essa aula não contava pontos para o nosso boletim, mas era uma alegria sentar ao redor da mesa e olhar para as bochechas rosadas da madre Izabel. Ela nos passava bondade com sua carinha quase de menina, eu não entendia nada do que ensinava: clave de Sol, clave de Fá, sustenidos, clave C, nem lembro mais. Tinha que fazer exercícios dificílimos, mas valia a pena poder sair daquela sala onde os olhares de madre Caridade nos congelavam. Madre Izabel também regia o nosso coro, as famosas cantatas de Vila Lobos. Era uma maravilha quando nos mandava chamar no meio das aulas para praticar a apresentação de fim de ano. Ia voando ao seu encontro. Lá podia soltar a voz que não era nada ruim. Às vezes ela conseguia reger três, quatro vozes, cantando ao mesmo tempo e em tons diferentes. Tirava do bolso o diapasão, o levava aos lábios e pronto, tudo corria afinadíssimo. Acho que foi por causa das aulas de música que quase perdi o ano. Ela nos chamava sempre no meio das aulas de matemática, e cantar bonito era um compromisso que tinha com a festa do colégio. Não podíamos fazer feio, e o nosso coro já ficara conhecido.

Uma noite estava fazendo os deveres na sala de aula com as outras internas; como sempre, era Madre Caridade que ficava nos vigiando, não se ouvia um só ruído, trabalhávamos no maior silêncio; eis que ela tocou um sino com muita força.

Chegamos a levar um susto, e aí ela começou a falar sem parar. Tinha que nos contar a história de uma aluna que estava difamando o colégio, uma vergonha ter uma pecadora desse porte entre as alunas. Falava alto com aquele sotaque espanholado, discorrendo sobre todos os pecados capitais. Nunca poderia imaginar que ela estava se referindo a mim. No final, como me achou com uma cara deslambida, resolveu chamar bem alto o meu nome e exigiu que me levantasse. Fiquei pasma. Como essa madre tinha coragem de dizer essas coisas a meu respeito?

— A menina amanhã irá ao meu escritório e terá que escrever todos os recados que pediu para sua colega Mary levar.

Foi aí que me manquei. Então, a irmã de Mary nos delatara. Que horror. Diria tudo, afinal não via pecado nenhum no que pedira a Mary. Nessa noite não consegui dormir. Só pensava no que aquela peste faria conosco, e a pobre Mary, coitada, tão boazinha, levando os meus recados para Maricota e avisando a Pedro, meu namorado, o dia de minha saída. Mary, quando chegou ao colégio, foi levada imediatamente a uma sala como uma criminosa, e foi obrigada a escrever todos os meus recados. Caso não dissesse a verdade, seria expulsa do colégio. A mesma coisa fizeram comigo. Trancaram-me numa sala ao lado da sacristia, lápis e papel e um questionário para responder. Felizmente, todos os recados que escrevi coincidiram com os de Mary. Até as frutas que pedira para Maricota me trazer foram lembradas, e os recados para Pedro minuciosamente relatados. Na saída da sala, me fizeram confessar com um padre que rezava a missa todos os dias na capela do colégio. Ele já estava a minha espera. Que vergonha passei.

Como a irmã de Mary teve coragem para fazer tamanha canalhice, nunca consegui entender. Delatora. Delatar a própria irmã. Pura maldade. Para Madre Caridade foi uma glória ter conseguido me humilhar em frente à classe. A história foi contada a meus pais, que proibiram Maricota de levar minhas gulodices para o colégio. Pedro ficou sem saber meus dias de saída.

Seria impossível esquecer aquele hábito preto me perseguindo. Aquela fisionomia fechada, aqueles braços cruzados escondidos embaixo das longas mangas.

Felizmente só fiquei interna um ano, e madre Caridade foi substituída pela nova prefeita — como elas a chamavam — madre Glória.

Gente boa.

## Eu

Sinto uma vontade imensa de mudar. Mudar, para onde? Não sei. Mas preciso mudar. Vou escolher um lugar simples, mas que seja bonito, que tenha muito verde, infinito por todos os lados. Mas mudar. Gostaria de mudar. Para onde, não sei. Gostaria de poder abrir a porta de minha casa e pisar na terra, sentir cheiro de mato, água, barulho de água caindo, jorrando, trazendo-me paz, muita paz. Gostaria também que uma árvore cobrisse minha casa, imensa, parecida com a árvore da nossa casa na Jamaica, que foi arrancada por um tufão. A casa poderia ser pequena, quase igual à casa de hóspedes do Quênia. Seria maravilhoso se isso acontecesse. Tudo tão diferente, eu mesma seria diferente. Dizem que nosso destino já está traçado. Se for verdade, considero uma covardia. Quanto à morte, não gosto de pensar, mas sinto que necessito coragem para enfrentá-la. O tempo não passa, voa. Já não me reconheço nos espelhos; vejo-me, e não me encontro. Já não tenho nada a ver com os meus retratos, são tão diferentes, são séculos que nos separam. Gosto e não gosto de rever o passado — poderia ter mudado de rua, seguir outro caminho, e não tive coragem. Vejo esse passado tão distante, que nem parece que existiu. Uma fantasia ajustada, feita e refeita, manipulada, era vida e não era ao mesmo tempo. O real não me tocava, nada era de verdade: meus amigos já se foram, existiram. Quando os conheci já sentia uma longa distância que iria separar-nos.

Gostaria de mudar. Para onde, não sei.

Gostaria de encontrar um lugar que me lembrasse um pouco dos lugares por onde passei. Gostaria também de sentir o mar, caminhar na areia limpa, branquinha. Seria tão bom saber que poderia fazer tudo isso. Só me bastaria coragem, força para não olhar para trás, seguir até encontrar meu caminho. Mas, desta vez, só levaria o necessário, nada que me perturbasse. Seria como um toque de mágica; quem sabe, aquela mesa do meu avô, a da praia Formosa? Lembro-me bem, era uma mesa comprida, sentava-me e comia peixe com pirão. Interessante. Nessa mesa, nessa casa, nunca senti distância. Sentia-me até segura. Os momentos por onde fui vivendo, quase todos sofridos; alguns bonitos, mas esses, embora rápidos, ficaram apenas na lembrança: seria obrigada a partir, mais cedo ou mais tarde, e seria forçada a abandoná-los. Tenho que fazer muita força para que os bons momentos nunca se afastem de minha memória. Seria maravilhoso só digitar uma vírgula para que eles aparecessem intocáveis: a rosa amarela do meu jardim, a comida deliciosa da Lili, Baneasa, os passeios com Simba na floresta; apreciar a tília brotando nas árvores e o cheiro tomando conta da cidade; também minha amiga Lúcia, que foi me visitar em Bucareste, e os monastérios fabulosos que juntas conhecemos; sair de casa, atravessar as montanhas na Jamaica e me deslumbrar com o mar transparente do Caribe.

A vida passa muito rápido, por isso que gostaria de mudar. Tornar-me uma Budista. Quem sabe?

## Adriana finlandesa

O relógio marcava vinte para o meio-dia, minha filha Adriana devia estar morta de fome. Dei um último adeus aos meus pais que nos acenavam já dentro do navio. Sem querer ir embora, esperei que eles se afastassem até praticamente perdê-los de vista. Conformada, fomos voltando para Lauttasaari. Tinha uma filha que me esperava, era tudo que mais queria nesse mundo, ela precisava do meu leite que não podia secar, não podia ficar ali parada, triste. Foi assim que tentei superar o sofrimento, que não me levaria a nada. Tinha que dar valor ao que me cercava, era nesse mundo que iria viver.

O verão quase terminando, os finlandeses eufóricos, cultuavam a natureza, aproveitam todos os raios de sol que lhes eram permitidos. Nós, brasileiros puritanos, ainda ficávamos chocados com a nudez livre na Finlândia. Quando se passava perto dos lagos, viam-se famílias inteiras nuas deitadas nos deques, deleitando-se com o curto período de calor. Fazia parte dos seus hábitos tomarem sauna e depois jogarem-se no lago. Quando os via, sentia vontade e vergonha ao mesmo tempo. Como poderia expor-me perante toda aquela gente nua? Sentiria vergonha do meu corpo. Hoje, arrependo-me profundamente de não ter aceitado o convite que nossos vizinhos nos fizeram para tomar uma sauna bem perto lá de casa. Para nós, brasileiros, o nudismo ainda era um tabu. Costumávamos nos fins de semana voltar ao hotel em que nos hospedamos quando chegamos à Finlândia, para jantar o famoso *smosgabord* que consistia em peixes crus, frios dos mais variados, salada de batata, arenque, do que nunca consegui gostar, salmão fresco e defumado e o famoso pão de centeio, delicioso. A comida da Escandinávia é toda muito parecida. Os finlandeses são grandes dançarinos de salão e nos divertíamos com os campeonatos de dança. Achava tudo aquilo tão *démodé*. Ligeiramente deprimida, percebia que usavam vestidos velhos devido à escassez de recursos do pós-guerra. No entanto, aqueles pares dançavam seriamente para levarem seus troféus para casa. Vindo dos Estados Unidos, com uma mentalidade americanizada, foi preciso algum tempo para eu aprender a dar valor às boas coisas. Estava começando a descobrir o mundo. Hoje me vejo tão criança chegando àquela cidade ainda invadida pela Rússia, tendo que tomar atitudes sérias sozinha, quase para ter um filho, decidindo moradia, compra de móveis, médico etc. Não foi nada fácil. Quando passava e via aquelas grávidas sentadas nas praças tomando sol, tricotando acompanhadas pelas mães ou amigas, me dava uma inveja imensa de suas serenidades aparentes, enquanto eu me deslocava de um lado para outro, sem conhecer a língua e tentando resolver tudo da melhor maneira possível. Tenho a maior admiração por esse povo e muito orgulho de que minha primeira filha tenha nascido em Helsinque. A Carélia invadida e o povo fazendo sacrifícios imensos, abrindo suas casas para dividir com os refugiados que chegavam.

Um dia, passou em frente a nossa casa uma carroça oferecendo batatas. Quando íamos recusando, o vizinho que, além do finlandês só falava alemão, saiu correndo com gestos e nos fez comprar a carroça inteira. Depois, foi na nossa casa mostrar-nos uma prateleira de madeira vazada que ficava no porão, feita especialmente para guardar batatas — seria dificílimo encontrar batatas no inverno. Acabamos ficando amigos do vizinho, falávamos através de gestos, mímicas; o alemão que meu marido falava não dava para estabelecer um conversa e a mímica compensava. O nosso vizinho conhecia mais a Amazônia do que nós, os nomes dos rios, fauna, árvores, a história dos nossos índios e ficava eufórico de poder mostrar-nos a coleção de livros que possuía da Amazônia. Sentíamo-nos protegidos morando perto de gente tão simpática. Contávamos com ele para nos explicar como fazer funcionar o aparelho de calefação. Tínhamos pavor que a calefação faltasse e não soubéssemos resolver o problema.

Os meses passavam rápido.

Uma das minhas poucas distrações era fotografar Adriana. Ficava atenta de máquina em punho esperando seu primeiro sorriso. O banho era um acontecimento, a escolha das roupas que ia usar, as camisolas bordadas, era um desfile de moda particular. Seguia todos os programas que o livro mandava. Acabei fazendo Adriana comer purê de batata ainda quando não tinha dois meses. Era feliz, essa vida caseira completava minha existência.

Maricota e eu nos desdobrávamos com Adriana. A minha babá, que era muito asmática, nunca teve tanta saúde como em Helsinque. Acordava cedo para comprar um leite especial que vendiam para as crianças. Depois de seis meses parei de amamentar porque fiquei grávida do meu segundo filho.

Sem que notássemos, começamos a acender as luzes da casa cada vez mais cedo. A mata que ficava em frente havia perdido as folhas, só ficando os pinheiros sempre verdes, elegantes, agora dominando completamente a paisagem. As folhas vermelhas do outono de Washington não se viam em Helsinque.

Passava os dias brincando com minha filha. Recebi do médico um livro que deveria ler e seguir à risca tudo que dizia. Só o chamasse em caso grave e, mesmo assim, se a menina tivesse febre alta — antes lesse o livro e seguisse as instruções. Graças a Deus, nunca foi preciso telefonar-lhe, só levava Adriana ao seu consultório em dias certos, e tudo corria normalmente.

Meus pais, sempre preocupados, nos mandaram uma saca de café, feijão preto, farinha de mandioca, goiabada — tudo chegava de navio. O Brasil fazia bons negócios com a Finlândia e os pacotes não paravam de chegar. O vizinho adorava quando o presenteávamos com goiabada e café. Finalmente meu cachorro Gabriel chegou dos Estados Unidos. Nossos amigos cuidaram muito bem do Gabriel, até hoje me pergunto se não deveria ter deixado o cachorro com Lalá e Oswaldo; ele, filho do nosso embaixador Lobo em Washington. Recebia cartas mensais com notícias de Gabriel, sabia que ele e o gato de Lalá davam-se muito bem, que dormiam até juntos. Sentia ciúmes imensos do meu cachorro, e tanto fiz que acabamos mandando buscá-lo. Gabriel fazia sucesso com a garotada do bairro, só não podia chegar perto de Adriana; ordens do meu marido. Adorava o frio, gostava de se jogar na neve para depois sacudir o corpo e voltar quase seco para casa. Mandávamos buscar sua comida na Dinamarca. Aliás, não só a comida do cachorro como algumas frutas, que eram raras de se encontrar em Helsinque. A nossa vida diplomática praticamente não existia. Nunca fomos convidados para outras embaixadas. Frequentávamos um pequeno grupo de secretários sul-americanos. Em compensação, recebi, com o embaixador, o primeiro-ministro Kekkonen para o primeiro jantar na embaixada. A embaixatriz no dia do jantar resolvera tomar sauna, o calor baixou-lhe tanto a pressão que ela foi obrigada a ficar de cama. "Skol, Skol": sabia que tinha que levantar o copo e olhar nos olhos do convidado que levantava o copo e dizia "Skol". No final, só fingia que bebia, dizia Skol e levantava o copo. Foi um sucesso o jantar, e a embaixatriz morreu de ódio em seu quarto, no dia do primeiro jantar de importância diplomática, já que recebemos o primeiro escalão do governo.

Antes desse jantar, o embaixador, recém-chegado da Áustria, resolveu homenagear com uma recepção o pianista Jacques Klein, que estava em Helsinque para um concerto. Como a embaixatriz ainda se encontrava na Áustria, recebi ordens de preparar a recepção depois do concerto. Fiquei apavorada, preparar uma recepção. Acabei encomendando quilos de *petitfours* para tomar com champanhe. Foi a solução que encontrei. Nunca havia preparado uma recepção na vida, só os meus simples jantarzinhos em Washington. Felizmente, a governanta Pepa, levada para Helsinque pelo embaixador Vasco Leitão da Cunha, era excelente, organizou o bufê impecável. Meu marido fez com que o Jacques Klein me convidasse para cantar Dora, do Caymmi, com ele no piano. Me senti uma estrela, os convidados aplaudiam e pediam que cantasse mais outra canção. Soubemos depois que a embaixatriz não havia gostado nada de o marido ter aberto as portas da embaixada antes de sua chegada. E ainda por cima perdeu o primeiro jantar importante. A mulher estava uma fera.

Como foi bonita a primeira nevada. A neve nas calçadas acumulava a tal ponto que tínhamos que abrir passagens para atravessar as ruas. As crianças, de trenó, todas coloridas, verdes, vermelhas, enfeitavam as calçadas e as praças da cidade fazendo bonecos de neve, e pareciam não sentir frio. Comecei a achar o bonito um tanto monótono, cansativo: o branco virara eterno. Todo dia bem cedo passava um pequeno trator limpando as ruas para os carros poderem sair da garagem. Nossos casacos foram forrados de pele, recebemos mil advertências: nunca sair à rua sem untar o rosto com creme, sempre usar luvas e, eram tantos os conselhos, que passamos a ficar preocupados, com medo de perder a orelha, o dedo, congelar o nariz etc. O exagero era grande, parecia até que queriam se divertir conosco, mas infelizmente tudo verdade. Minha filha era obrigada a sair de casa até mesmo com seis graus abaixo de zero; o médico explicou que ela teria de sair por causa do reumatismo que costumava atingir as crianças, mesmo aquela luz escura das manhãs, quase noite, lhe seria importante. Eu cumpria com todas as exigências e levava quase uma hora vestindo Adriana. O carrinho costumava ficar ao lado da janela e duas peles de carneiro eram colocadas, uma embaixo e outra por cima, fechando o carrinho. Quando entrava era outra hora para tirá-la daquele casulo. Incrível, ela saía corada, satisfeita, sem chorar.

As luzes passaram a ficar sempre acesas em nossa casa e a lua parecia nunca sair do céu.

Essas notícias aterrorizavam meus pais. Nordestino não era feito para viver em terras tão diferentes da nossa. Não chegaram a acreditar que uma *Lundgreen* de Pernambuco morava no interior da Finlândia e que vez por outra aparecia na embaixada para assinar procurações vendendo suas propriedades no Brasil. Se ela, nordestina, havia sobrevivido àquele frio glacial, nós também aguentaríamos. Quando Adriana fez seis meses, tive a surpresa de saber estar grávida. Meu médico achou que essa gravidez não deveria ter acontecido tão rápido. Festejamos a notícia telefonando para o Brasil, coisa raríssima, telefonemas custavam uma fortuna.

O mês de dezembro trouxe novas vitrines: eram os duendes que apareciam em todos os lugares. Contavam-se histórias lindas de fadas e duendes que viviam nas florestas, as crianças adoravam ver os enfeites por toda a cidade, que se preparava para festejar o Natal. As decorações natalinas não eram exageradas como na América, enfeitavam as vitrines das lojas, tudo muito delicado.

Recebemos o convite do presidente Paasikivi que costumava recepcionar uma vez por ano os diplomatas no Palácio Presidencial. Pensei em recusar o convite, estava enjoada, sem vontade de sair de casa. Maricota e meu marido resolveram que não poderíamos faltar a uma festa tão bonita no antigo palácio do czar, onde pediam casaca com condecorações e vestido de baile. O meu vestido de noiva fora reformado logo em seguida ao meu casamento, dessa vez sairia do armário com todo o esplendor para brilhar nos salões do palácio presidencial. Não posso esquecer a calda do meu vestido subindo as escadarias de mármore do palácio, brilhando; as *coquillages*, bordadas em forma de flores saindo das hastes de ráfia com macieiras em flor causaram admiração. Os *flashes* não paravam de me acompanhar. O presidente, todo engalanado, com uma senhora ao lado, nos recebia. Muitas luzes, toalhas adamascadas cobriam as mesas até o chão, vários samovares distribuídos pelas mesas, café, leite, chá, bolos, biscoitos, tortas, nada de comidas salgadas, nem bebidas alcoólicas; um bufê farto, mas simples. A Finlândia tinha uma dívida de guerra para pagar e não podia ostentar e nem gastar o que não tinha.

Lição de vida.

Se já admirava o povo finlandês, fiquei orgulhosa que minha filha tivesse nascido num país de tanta fleuma. Finalmente chegou o Natal, o primeiro Natal de Adriana. Mandei buscar uma boneca pelo catálogo da loja *Bingels* em Nova York. Foi a mais bela árvore de natal que tivemos. Tive uma surpresa quando meu marido veio arrastando a árvore pela neve. Felizes, logo começamos a enfeitá-la, a lareira funcionando a todo vapor.

Vou escrevendo e revivendo essa cena: a árvore sendo arrastada na neve pelo meu marido não me sai da lembrança. Um belíssimo pinheiro.

# Leonor penetra

Com a Carélia ocupada pelos russos, encontrar apartamento para alugar não estava sendo nada fácil. Foi uma loucura não termos ficado com o apartamento do antigo secretário, no centro de Helsinque. Vindos de Washington onde morávamos numa boa casa com jardim, não estávamos preparados para entender uma outra cultura, uma mentalidade completamente diferente da americana. Cidade europeia do norte, edifícios pesados e escuros. Curiosamente, neste ambiente surgiram os mais ousados e modernos arquitetos da Europa. Belíssimos prédios se destacavam modernizando a cidade escura com novos hotéis. Artistas como o grande e famoso arquiteto Alvar Aalto criavam formas em objetos, vidros, móveis. Tapio Wirkkala se destacava nos desenhos geniais em vidro, inspirados na natureza; a Arábia com as cerâmicas de Kaipanien que logo me seduziram; móveis modernos, funcionais, feitos com pinho de Riga. Um povo que buscava a luz, cultuava o corpo, a natureza, se deliciava com o sol da meia-noite. Foi a Finlândia que encontrei. Apenas a impressionante música de Sibelius, forte, me deixava melancólica, nunca me seduziu.

Já havíamos girado meia Helsinque, o corretor se divertia nos levando para ver casas que ficavam fora da cidade. Chegamos até a tomar trem e ele tentava convencer-nos que era tudo muito rápido, valeria a pena morar numa casa confortável com um lago na frente onde poderíamos nos banhar. Esqueceu que éramos brasileiros, não estávamos preparados para enfrentar o clima gélido da Finlândia, teríamos que ter disposição, força, braços para limpar a neve que se acumularia em frente à casa. Empregados na Finlândia era coisa rara, já naquela época. Realmente o ambiente era paradisíaco, os tetos cobertos de palha sofisticada, só faltavam os personagens do Bergman abrirem a porta para receber-nos.

Não sei como a secretária da embaixada, sabendo que eu estava para ter filho a qualquer momento, permitiu que fossemos até lá. Deveria ter explicado o transtorno de morar tão longe. Acabamos, por teimosia, alugando uma casa em Lauttasaari, número *Kolme kumenta kusi*, não me pergunte como se escreve em finlandês porque não sei, só me lembro dessas palavras que dizia para o motorista de táxi quando voltava para casa, praticamente fora da cidade, hoje um bairro como outros.

Fomos os primeiros moradores de um conjunto de casas ligadas com jardim atrás, tipo vila; era realmente uma belezinha. Na hora, já tão cansados, só vimos a natureza, o lago que ficava próximo, a floresta de pinheiros em frente, os jardins floridos dos vizinhos e, afinal, tudo era luminoso, parecia outro universo quando atravessávamos a ponte para Lauttasaari.

Meu marido, profundamente estressado com a remoção para Helsinque, me deu carta branca para mobiliar a casa. Contrato assinado, parti sozinha para a compra dos móveis, pois só contava comigo e minha barriga. Quando soube que não aceitavam mais encomendas, que os operários entrariam em férias por três meses por causa do inverno, fiquei alucinada. Com pena do meu estado avançado de gravidez, ofereceram-me o que tinham em exposição, e foi assim que mobiliei minha casa com o estoque maravilhoso que se encontrava nas vitrines. Comprei por acaso peças de grandes *designers* que não conhecia, mas gostei: leves, tão diferentes dos edifícios cinzentos, pesados que via ao redor. Os artistas finlandeses eram todos voltados para a natureza. Quando chegaram meus pais, ainda nos encontrávamos no hotel esperando que nos entregassem a casa. O nosso hotel ficava em frente ao Báltico e viam-se dois barcos quebra-gelo sempre parados, que se chamavam *Otso* e *Turso*, de prontidão, esperando o mar congelar. Logo fui dizendo ao meu marido que se tivesse dois gatos colocaria os nomes de *Otso* e *Turso*, o que nunca aconteceu. Eu me divertia tirando retratos dos meus pais: papai fazendo pose na *falaise* que ficava bem na virada do nosso hotel, aquelas paredes de pedras cinzentas costeando o mar eram impressionantes, o caminho levava para o bairro mais chique e caro de Helsinque, casas bem modernas debruçavam-se para o mar, e o nome *falaise* me soava bonito, achava profundamente romântico.

Não foi possível aceitar o convite de despedida do nosso embaixador, que partia para o Brasil em busca de outro posto.

Oferecia um grande coquetel com toda a monarquia ainda existente em Helsinque, artistas, políticos; prometia ser uma festa muito especial. Foi avisando ao meu marido que havia convidado uma brasileira de família importante, os Andrada, que estava de passagem por Helsinque chegando do Egito, o máximo dos máximos, dona de uma voz muito bonita e sensual, pedia que lhe déssemos atenção, pois a senhora não conheceria ninguém. O recado era uma ordem educada, e meu marido ficou de prontidão esperando despontar nos salões a dona da voz mais bonita e sensual que, por sinal, devia ser também muito interessante. Qual não foi a sua surpresa quando despontou logo na entrada uma senhora baixa, usando tênis, capa de chuva, cabelos ressecados precisando de trato. O embaixador não sabia o que era aquilo, nada combinava com a voz que ouvira ao telefone, nem com o nome de família. Chamou meu marido e pediu que desse um jeito de desaparecer com a convidada. Mas já era tarde, a senhora já entrara pegando uma taça de champanhe, mal tomava uma, pegava outra, e outra, e quando menos esperaram, já havia se apresentado a vários convidados. Como dominava vários idiomas, inteligente, falante, já fazia sucesso entre os presentes. Infelizmente passara da conta e começou a contar piadas extravagantes e bem apimentadas. Um dos convidados resolveu perguntar o que fizera para vencer na vida. Leonor era o seu nome, atrevida, desembaraçada. Respondeu com todas as letras e num perfeito francês que ganhara a vida com a boquinha de cima e a de baixo. Foi uma gargalhada geral. Imediatamente o embaixador exigiu que meu marido retirasse a senhora, arranjasse uma desculpa qualquer, mas a levasse embora. Os convidados começavam a fazer chacota, mas Leonor não se dava por vencida. Depois de muito insistir, meu marido, alegando que tinha que partir e que seria difícil para ela arranjar condução, conseguiu finalmente convencê-la a despedir-se do embaixador. Leonor mal conseguia andar de tanto que havia bebido e foi preciso muita força para ajudá-la a descer a escadaria da embaixada. Meu marido conduziu-a até o hotel como havia prometido, mas na hora de despedir-se, deu-lhe um simples "boa noite" esperando que ela saísse do carro. Leonor, que conhecia muito bem todas as regrinhas da boa educação, balançando o dedo, exigiu-lhe que abrisse a porta do carro, passou uma descompostura, disse-lhe o diabo, de mal educado a secretário de merda. Depois dessa chamada, meu marido deu-se conta do que tinha feito e, como manda o figurino, abriu-lhe a porta do carro, ajudou-a a descer, levou-a até a portaria do hotel. Missão cumprida.

Ao chegar, todos estávamos ansiosos pelas novidades do coquetel; atordoado, nos contou toda a trajetória de dona Leonor. Meu pai dava gargalhadas, Leonor era figura conhecidíssima no meio intelectual do Rio, São Paulo, dona de um grande anedotário.

Mudamo-nos no dia 19 de julho e minha filha nasceu no dia seguinte. Apesar de querer tanto um neto, meu pai não se deu por vencido, festejou a chegada de Adriana com toda a alegria desse mundo. Dia 24 de setembro partiram meus pais de volta ao Brasil. Pegaram um pequeno vapor que os levou a Antuérpia, e já no trajeto, chocadíssimos, ficaram sabendo da morte do Getúlio.

Não conseguiram esconder o sofrimento, a tristeza, quando nos deixaram no cais do porto, hoje ainda estampada nos retratos que guardo no meu álbum de Helsinque.

Aquilo não era terra para nordestinos, iríamos morrer de frio, dizia meu pai.

# Aurora

Escutando o Lago dos Cisnes pelo Scala de Milão, que Amador acaba de enviar-me pelo Facebook, lembrei-me de Aurora linda, cabelos pretos, deslumbrante, dançando esse mesmo balé no teatro da *Ópera de Bucareste*. Madame *Chonga*, a secretária social da nossa embaixada, que me acompanhava, sentindo meu entusiasmo, gentilmente se ofereceu para me apresentar a Aurora, primeira bailarina do corpo de baile da Ópera de Bucareste.

Comparar o balé do Scala com o de Bucareste daquela época dá até pena. Que esforços faziam os dançarinos para se apresentarem dignamente. Os figurinos eram decadentes, vinham já bem usados de Moscou. As bailarinas se apresentavam com meias furadinhas, só Aurora, impecável, brilhava, parecendo uma prima bailarina de qualquer teatro de grande categoria. Quando o cisne despontava no palco, podia me imaginar fora de Bucareste, no *Royal Balé*, ou no *Covent Garden*. Ela nos fazia sonhar com seus passos perfeitos deslizava pelo palco e depois caía nos braços do príncipe que a levantava como uma pluma. Ficávamos em êxtase. O rapaz, lindo, ótimo bailarino, era seu noivo. Ainda jovens foram escolhidos para estudar balé na Rússia, tiveram grandes oportunidades de estudar com grandes professores. Os dois se destacavam do resto da companhia. A diferença era brutal. Depois de alguns anos, tendo excursionado com a companhia do Kirov por várias capitais da Europa, missão cumprida, voltaram para Bucareste. A diferença da vida artística era imensa e logo caíram na realidade. Por ser a primeira bailarina do balé mais importante de Bucareste, Aurora tinha um status de vida completamente diferente dos seus colegas. Morava num bom apartamento, decorado com gosto, belos quadros e enfeites adquiridos nos antiquários de Bucareste. Tudo era harmonioso naquele apartamento. Sabia receber com requinte, sempre um jazz como fundo musical, servia *blinis* com caviar (o partido devia fornecer todas essas iguarias para impressionar os diplomatas). Eu adorava ser convidada pelo casal, falavam um francês fluente, tinham cultura, eram jovens e simpáticos. Acabava esquecendo-me dos meus compromissos protocolares das embaixadas e me deixava enganar pelos meus novos amigos.

Os artistas em Bucareste eram tratados de uma forma diferente dos outros cidadãos. Nós sabíamos que tudo isso tinha um preço alto, o serviço de inteligência romeno não lhes dava tréguas. Eram considerados informantes; em boa palavra, espiões. Triste saber que Aurora era uma informante do governo.

Ia apreciando o balé através do computador, lembrando-me da moça e do meu tempo em Bucareste. Como foi tudo tão difícil.

Fui aconselhada por outros diplomatas a não estreitar relações de amizade com o casal. Não havia dúvida, eram perigosos.

Para continuar frequentando as embaixadas, levar uma boa vida, eram obrigados, ao retornar dos seus compromissos sociais, ir direto ao ODCD, uma espécie do KGB, e informar com detalhes tudo que viram e o que escutaram. Às vezes, quando não tinham nada de interessante para contar, imagino que inventavam boas histórias, e só assim podiam continuar com aquela boa vida, que significava para eles comer bem, tomar um bom champanhe francês, receber presentes, revistas estrangeiras e saber o que estava se passando do outro lado do mundo. Sujeitavam-se a tamanha sujeira para poder desfrutar de uma vida que não podiam ter em Bucareste.

Há muito tempo, tinha sido informada pelo meu professor de Francês, um velhinho encantador, desse procedimento. Tudo isso ele contava muito baixinho com medo dos microfones que podiam estar escondidos em algum canto da residência. Toda vez que dava uma aula na casa de um diplomata, era obrigado a ir direto ao KGB romeno, informar tudo que tinha se passado. Esse, ao menos, conseguiu escapar para o Canadá; foi juntar-se ao filho que já havia fugido há muitos anos. Soubemos que o embaixador americano, que também era seu aluno, intercedeu junto ao departamento de estado para que dessem um visto para o professor. Como ele já tinha muita idade, e já devia ter esgotado todos os assuntos que escutava na embaixada americana, não foi difícil conceder esse favor ao embaixador.

Uma noite, fui ao teatro com Madame Chonga ver Aurora dançar Carmem, um dos seus balés prediletos. Percebi de imediato que o *partner* era outro. Aurora já não era a mesma. Não conseguiu interpretar aquela Carmem dramática, sensual, o seu leque nem abanava; muito pelo contrário, estava ausente, fria, pesada. Quando terminou o balé, fomos ao seu camarim para cumprimentá-la, mas ela já havia partido. Logo percebemos que alguma coisa acontecera.

Não demorou para a embaixada americana nos informar que um bailarino romeno importante não voltara de uma turnê pela Europa. Havia desertado. Tinha fugido para a Inglaterra. Depois desse escândalo, Aurora caiu em desgraça total. Logo foi substituída por outra bailarina, que acabava de chegar de Moscou. Nunca mais foi possível localizá-la, já não morava naquele bonito apartamento.

A música continuava a tocar e eu a lembrar-me da pobre moça. Onde estaria Aurora?

Este livro foi impresso no
Sistema Digital Instant Duplex
da Divisão Gráfica da Distribuidora Record
Rua Argentina, 171 – Rio de Janeiro, RJ
para a
Editora José Olympio Ltda.
em novembro de 2014

*

82º aniversário desta Casa de livros, fundada em 29.11.1931